ONDERWEG NAAR HUIS

Van Jos Ghysen verscheen bij Davidsfonds/Literair:

De beste van Jos Ghysen

ONDERWEG NAAR HUIS

Jos Ghysen

Davidsfonds/Literair

Ghysen, Jos
Onderweg naar huis

Blijde-Inkomststraat 79-81, 3000 Leuven.
Omslagfoto en -ontwerp: B2

D/2004/0201/20
ISBN 90-6306-500-0
NUR: 401

INHOUD

INDIA

In de Bangkok Post, die elke ochtend onder mijn kamerdeur wordt geschoven, lees ik dat er bij een vliegtuigramp in de Verenigde Staten 109 doden zijn. Ik vertrek vannacht met de Boeing naar Rangoon in Birma. En als het lukt, verder door naar India, Calcutta of Delhi.

Sangwian, mijn taxichauffeur, is er het hart van in. 'Ik zou het niet doen,' pleit hij. 'Het is hier toch goed in Thailand. In India ga je honger lijden en het is zo ver van hier. En helemaal alléén. In jouw geval zou ik het niet doen. Voor geen geld.'

Ach, Sangwian, ik doe het niet voor geld, ik doe het voor stukjes. Dat is moeilijk uit te leggen aan een Thaise taxichauffeur.

Het wordt een doelloze dag. De Boeing is om kwart voor één vannacht op Don Muang Airport. En omdat het vermoedelijk de hele nacht doorvliegen wordt, ga ik om acht uur op bed liggen.

Ik kijk naar het plafond. En naar de laatste bloemen die Usah Kaewthong heeft gebracht. Niet voor mij. Voor Boeddha, maar die staat klaar verpakt om met me naar Birma te vliegen. Mijn collega zit beneden in de bar en drinkt zichzelf moed in tegen de eenzaamheid. Over een paar dagen vliegt hij in zijn eentje naar Hongkong. Misschien naar Laos, je weet nooit precies vooruit wat morgen kan.

Omdat je onmogelijk op commando kunt slapen, loop ik dan maar weer naar de badkamer en neem een bad. Het derde vandaag.

Om halftwaalf rijdt Sangwian zwijgend zijn taxi voor. Hij begrijpt me niet. Ik zit naast mijn vriend op de achterbank en niemand zegt wat. Bangkok by night. Een hel van neon.

DELHI

In de gekoelde wagen van de minister van Economische Zaken word ik door Delhi gereden. Om de haverklap valt de wagen stil en meteen valt ook de klimaatregeling uit, zodat de hitte naar binnen ploft. Mister P.P. Singh, met blauwe tulband, gaat deskundig onder de motorkap kijken wat er zoal zou kunnen haperen. Zo ongeveer alles hapert eraan, want de minister zelf heeft er driehonderdduizend kilometer mee gereden (wie weet hoeveel kabinetten), toen werd de wagen doorverkocht aan Mister P.P. Singh voor een bedrag van 165.000 frank en Mister P.P. Singh rekent mij nu twaalf dollar aan om gedurende twee uren gebruik te maken van de wrakstukken. Het is een bedrag waarvan ik niet meer opschrik sedert ik vanmorgen 575 frank heb neergeteld voor een doodgewone Kodakfilm. Het was anderhalf jaar geleden dat 'de fotograaf' nog een film had verkocht. Na Thailand is India een koude financiële douche.

Een juwelenhandelaar wil me 20.000 frank geven indien ik mijn cassetterecorder van 1.995 frank bij hem wil achterlaten. In heel India vind je het niet. Niemand heeft er overigens behoefte aan. Van de vier miljoen die in Delhi wonen, weten er hooguit een paar duizend wat een recorder is. Ik ben een slecht zakenman, ik had dat moeten voorzien. Met wat recordertjes haal je je reis er makkelijk weer uit.

Van de vier miljoen mensen in Delhi merk je niet veel. Van de tien miljoen koeien wel, maar toch hinderen ze niet. Er is ruimte genoeg, er zijn parken genoeg. Alleen in Old Delhi liggen ze tegen elkaar geplakt op de grond, de koeien, de mensen, de geiten, de kinderen. Bij duizenden liggen ze op de straatstenen naar je te kijken. Loop vooral niet te snel voorbij, want jij vormt vandaag waarschijnlijk hun enige dagvulling.

Ze liggen tegen de eindeloze tempeltrappen op. Tot bovenaan. Bij honderden, want de tempels zijn hoog en majestatisch.

Ze liggen door elkaar op de trappen waarop ze werden geboren en waarop ze zullen doodgaan. Ze gaan ook dood. Vlak voor je ogen. De anderen zitten ernaast en reageren niet.

Rustig blijven en ondergaan. Vooral geen verzet plegen, want na dit ellendige leven, dat je nu eenmaal moet uitboeten omdat je in het vorige niet hebt gedeugd, komt de grote vreugde van een nieuw leven. Een prettig leven dit keer, een luxueus leven, met alle comfort, met alles wat heerlijk is. Blijf dus maar op de trappen liggen en ga maar dood. De anderen benijden je.

Op de plaats waar Gandhi werd verbrand, sta ik in de zonloze hitte van 43 graden op de middag. Eén bloemenkransje en de massa die blootsvoets defileert, urenlang, dagenlang, nachtenlang, jarenlang. In zilveren letters op zwart marmer de laatste woorden die Gandhi heeft gesproken.

Ik trek mijn schoenen weer aan en rijd met Mister P.P. Singh naar Gurdwara Bangla Sahib, de tempel waarin Singh me officieel wil opnemen in de godsdienst van de sikhs. Hij heeft er een nacht over wakker gelegen, vanmorgen nog heeft hij er met de goeroes over gesproken en alledrie hebben ze unaniem besloten dat ik opgenomen kan worden.

Omdat Rome toch op de helling staat, wil ik het best eens een tijdje bij de sikhs proberen. Wanneer ik bij de tempel aankom, omarmen de goeroes me uitbundig.

Duizenden Indiërs schuiven geduldig achter elkaar aan, over witmarmeren trappen. Ze houden lotusbloemen in de hand, die ze dadelijk in de tempel naar het beeld van Tegh Bahadur zullen werpen. Tegh Bahadur heeft in het jaar 1675 iets ondernomen wat me niet helemaal vreemd is. Hij is ten hemel opgestegen, zij het in twee fasen, eerst het hoofd, daarna pas het lichaam.

Ik trek andermaal mijn schoenen en sokken uit (waarom heb ik eigenlijk schoenen mee naar India genomen?) en stap achter Mister P.P. Singh en de twee goeroes aan de tempel binnen.

De Indiërs kijken zonder ook maar een zweem van verbazing naar de westerling met blote voeten die op een zwartmarmeren steen gehurkt gaat zitten en uit de handen van de goeroe, op een vers, groen blad, de heilige spijs aangeboden krijgt. Een geelbruine brij, die honigzoet smaakt. Ik sta doodsangsten uit dat de heilige spijs misschien wel goed voor mijn westerse ziel maar niet voor mijn westerse buik zou kunnen zijn, doch Mister P.P. Singh kijkt zo dwingend dat ik de hele prop doorslik, de ogen stijf dichtgeknepen. Gelukkig gelijken godsvrucht en afgrijzen, met de ogen dicht, heel sterk op elkaar. De goeroes en Mister P.P. Singh denken duidelijk aan heilige dingen, ik denk aan de Mexaformtabletten in mijn hotelkamer.

Ik krijg de metalen armband van de sikhs om de rechterpols geschoven en beloof hem voortaan altijd te zullen dragen.

Mister P.P. Singh omhelst me. Ik krijg twee blauwe boekjes in de hand gestopt. Vermoedelijk zoiets als 'de kleine catechismus van Delhi'. De tulband zullen ze me nasturen zodra mijn haar lang genoeg zal zijn en mijn baard volwassen geworden. Zal ik de foto als bewijs héél héél zeker sturen?

Buiten, op de tempeltrappen, hoor ik een koortje een monotoon kinderliedje zingen.

'De monkey wordt begraven,' zegt Mister P.P. Singh.

Inderdaad, waar de kinderen staan te zingen, ligt een dood aapje op een roodfluwelen kussentje. Enkel het bruingroene koppetje met de witte snorharen komt onder het lakentje uit.

Monkey is doodgegaan en de Indiërs die voorbijkomen, werpen bloemetjes naar het aapje. En muntstukjes. Ik leg een papieren roepie bij het aapje neer en de kinderoogjes kijken dankbaar naar me terwijl ze verder zingen. Drie kleine banaantjes liggen ook bij het aapje. Voor onderweg naar het volgende leven, zegt Mister P.P. Singh.

Old Delhi ruikt naar stofferige ellende en koeiendrek. Er rijdt een taxietje voorbij, één wieltje voor, twee achter, vier metalen stokken en een tentje daaroverheen. Op de zwarte rug van het taxietje staat in witte, onbeholpen letters *O God Your Art is good* geschilderd.

Er komt een heilige koe voorbij, ontzettend waardig. Met een hatelijke superioriteit bijna. Een vrouw haast zich van de tempeltrappen en melkt Hare Heiligheid in een goor keteltje.

Over twee dagen vertrek ik. Ik heb in het Panam-Office laten boeken voor de Boeing van overmorgennacht. O God Your Art is good.

Een hasjroker zit op een omgekeerde emmer en haat me met verglaasde ogen.

BUSINESS

Mister Singh heeft onder zijn blauwe tulband diepe fronsen in het bruine voorhoofd. Hij heeft de uitpuilende, zwarte ogen met walletjes eronder, de hogebloeddrukogen die alle Indiërs hebben. Hij is verdrietig omdat ik voor hem in Europa geen betrekking wil versieren. Hij kan alles. Hij wil taxichauffeur zijn, hij wil tuinen aanleggen, hij wil houthakken, hij kan best een handel in juwelen beginnen, hij kan alles verkopen wat je ook maar wil. Geef hem een artikel en hij verkoopt het.

'Ik werk voor de radio en voor de krant,' zeg ik hem. 'Ik weet helemaal niets van business.'

'Bij de radio of bij de krant kunnen ze toch ook wel best een mannetje gebruiken.'

Ik schud het hoofd en mijn onwil bedroeft hem zeer. We zitten op de tempeltrappen en er wipt een miniatuureekhoorntje voor ons uit.

'Kijk,' wijs ik. 'Een chipmunk. Weet je dat ze daar thuis driehonderd frank voor vragen? En hier lopen ze bij duizenden.'

Mister Singh veert overeind. Hij wil me iets zeggen, doch eerst valt hij terug op de knieën en dankt God voor het idee dat in hem is opgesprongen.

'Dat is het!' roept hij opgewonden. 'Dat is het! Ik vang eekhoorns voor Europa. Ik verkoop ze jou voor drie dollar het stuk en jij verkoopt ze ginder voor zes. Zo worden we er allebei goed van.'

'Dat kan helaas niet,' zeg ik. 'Want ik werk voor het "government" en ik mag helemaal geen handeldrijven. En zeker niet in eekhoorns.'

Hij grijpt in vertwijfeling naar zijn hoofd. Hoe kan ik zo dom zijn. Ik moet van die handel helemaal niets zeggen aan het 'government'. We doen het clandestien en er zijn in India eekhoorns genoeg, zodat ik over een paar jaar misschien niet eens meer voor het 'government' behoef te werken.

'Mag ik me vanmiddag terugtrekken?' vraagt hij. 'Want jij vertrekt morgen terug naar Europa en ik wil hier eerst nog de handel uitbouwen en de contracten opstellen voor de business. En ik wil je enkele stalen meegeven. Ik wil eekhoorns voor je vangen en die neem je dan mee naar huis om te bewijzen dat ze hier inderdaad zitten.'

Hij ziet er plots tien jaar jonger uit. Zijn Indiase ogen fonkelen.

'Er is uiteraard geen discussie,' zegt hij. 'Jij bent de Big Boss van de business. In de grond heb jij me op het idee gebracht, ik blijf dus de tweede man. Jij bent de Boss. Juist is juist.'

Ik gun hem zijn vrije namiddag om eekhoorns te vangen en aanvaard bereidwillig om de Big Boss te worden van de Indian-European Chipmunk Company Ld.

Ik ga dan maar voor de rest van de dag zonder Mister Singh, in mijn eentje Old Delhi verkennen. Wanneer ik 's avonds in het hotel kom, zit hij in de lobby op me te wachten met een oudere, enorm eerbiedwaardige Indiër naast zich. Een zilverwitte tulband en een pepergrijze baard. Ze buigen allebei heel diep en Mister Singh zoent mijn hand.

'Dit is mijn neef,' zegt hij. 'Ik heb erover nagedacht, hij komt ook in de business. Jij vertrekt morgen naar Europa en ik hier alléén in de business is niet goed. Met twee kun je meer dan alleen. En tenslotte groeit zo'n bedrijf je algauw boven het hoofd.' Dan richt hij zich tot de neef, die diep gebogen is blijven staan. 'Dit is Mister Ghysen, onze Big Boss.'

Ik heb het veel te warm om me tegen deze plotse bedrijfsuitbreiding te verzetten. Ik hoor bovendien dat er ook al andere personeelsleden zijn aangeworven. Twee 'catchers', die op veertig mijl van Delhi aan het vangen gegaan zijn. Ze vangen de hele nacht door en morgenvroeg ook. Mister Singh haalt ze morgen om zes uur op en dan kunnen ze meteen ook kennismaken met hun buitenlandse directeur.

Ik onderga het maar en knik.

'Goed,' zeg ik. 'Morgenvroeg zien we wel.'

Ik weet uit ervaring hoe ongelooflijk snel chipmunks zijn en ik ben er gerust op dat de catchers morgen met lege handen zullen staan.

Ik heb me zwaar vergist. 's Anderendaags word ik om acht uur uit mijn bed gebeld.

'Mister Singh wenst u te spreken.'

In de lobby sta ik tegenover mijn voltallige staf: Mister Singh, zijn eerbiedwaardige neef en de twee catchers. Ongelooflijk gore Indiërs, die met opengesperde rattenogen, wild van angst, de lobby rondkijken. Een van hen houdt een gammel vogelkooitje in de hand, waarin – God beware me – vier levende chipmunks zitten.

Hoe groot het geluk van Mister Singh ook is, er ligt een schaduw over de vreugde. Hij zal naar andere catchers moeten uitkijken, want de twee pas aangeworven personeelsleden hebben het laten afweten. Ze staan in hun blote bast met niets dan een lendendoek om in het chique Intercontinental Hotel. Ze hebben ontslag ingediend. Ze zien van hun contract af.

Het vangen is vermoeiend geweest en dat willen ze liever niet meer in de toekomst. Al hun vrienden hebben een hele dag kunnen rusten en zij hebben moeten vangen. En waarvoor tenslotte? Wat ben je met geld? Ze willen helemaal geen geld. 'Voor een jasje,' zegt Mister Singh. Wat moeten ze met een jasje? Voor een nieuwe broek. Ze schudden het hoofd. Nee, nee, geef ons onze rust terug, het leven was zo lekker zonder al die herrie.

Er zullen nieuwe catchers worden aangeworven en als Big Boss geef ik daarvoor mijn toestemming.

Ik moet Mister Singh evenwel een tweede slag toebrengen. Panamerican Airways heeft bezwaar tegen het vervoeren van chipmunks zolang ik daarvoor niet het bewijs van goede gezondheid bezit. Af te leveren door een veearts.

Mister Singh verwelkt voor mijn ogen. Zijn neef strijkt met de hand door de volle baard.

'Wat zullen we doen?' zegt hij peinzend.

Tien minuten later rijden we in de voormalige wagen van de minister van Economische Zaken naar Old Delhi: Mister Singh, de volle neef, de catchers, die van angst de ogen gesloten houden, en de buitenlandse bedrijfsleider. Op naar de veearts.

Hij woont in een bouwvallig schuurtje en is bezig een geitenuier uit te testen. Het wordt een sterk geanimeerd gesprek, waarin ik me op bevel van Mister Singh niet mag mengen. 'Het is beter dat jij in de auto blijft,' heeft hij gezegd.

Ik blijf met de twee catchers in de wagen achter, zonder ook maar één mogelijkheid op een dialoog. Wie weet welk van de 275 Indiase dialecten ze spreken. Ze kijken allebei of hun doodvonnis getekend is.

Mister Singh wuift jubelend met een wit velletje papier. Het certificaat van goede gezondheid. De dieren zijn kerngezond, lees ik, nooit heeft de veearts zulke gezonde dieren gezien. Het kooitje met de chipmunks is niet uit de wagen weggeweest, maar misschien is de veearts helderziend.

Mister Singh zet de motor aan.

'Het is dik in orde,' zegt hij stralend. 'De veearts komt ook mee in de business.'

Ik ben andermaal een personeelslid rijker.

Het is een krankzinnige onderneming, maar diezelfde nacht hang ik in een Boeing boven Perzië, duizenden kilometers van mijn firma verwijderd, met onder mijn zetel een kooitje waarin vier chipmunks zitten.

Ik durf er niet aan te denken wat er kan gebeuren wanneer ook maar een van de diertjes tussen de doorgeroeste tralietjes zou ontsnappen en door de Boeing flitsen. Er zitten wel veertig vrouwen bij de passagiers. Ik durf er niet aan te denken.

Ik wil bidden, maar ik weet niet meer zo goed onder wie ik momenteel ressorteer. Onder Boeddha, onder Sint-Jozef of onder die vreemde, moeilijk uit te spreken heilige van Mister Singh. Ik laat het dan maar op zijn beloop. De airhostesses komen me vijftienduizend kilometer lang de oren van het hoofd zeuren opdat ik de diertjes zou verkopen. Ik weiger halsstarrig.

Vier chipmunks landen met me in Teheran, in Beiroet, ze vliegen met me over Nicosia en Cyprus naar Istanboel, recht naar Frankfurt, waar een blonde juffrouw van de Lufthansa me honderd mark biedt voor het volledige kooitje. Ik denk echter aan mijn personeelsleden die ik in India heb achtergelaten en laat de chipmunks inklaren voor de Caravellevlucht naar Brussel.

Op Zaventem staat een tolbeambte die me herkent. Hij kijkt nieuwsgierig in het kooitje.

'Jij gaat zeker een commerce beginnen?' zegt hij.

Ik vraag me af hoe hij het kan weten. Misschien heb ik al onbewust de houding aangenomen van de intercontinentale businessman.

Het was het laatste wat ik gedacht zou hebben. Je vertrekt als journalist en je komt terug als Big Boss van de Indian-European Chipmunk Company Ld.

Voor alle bestellingen, namens Mister P.P. Singh, namens diens volle neef en namens mijn staf catchers in India, dank ik u zeer.

ZWAARDEN

Het heeft de wereldpers niet gehaald, maar ik heb de Panam-Boeing 707 van New Delhi naar Frankfurt willen kapen. Met twee oosterse zwaarden. Lange, levensgevaarlijke, vlijmscherpe, witmetalen zwaarden in een houten heft. Je trok ze met een ruk te voorschijn en de cockpit lag aan je knieën.

Ik had ze argeloos gekocht van een jongetje in Bangkok, voor twee dollar het stuk, en toen ik Thailand ermee verliet, hadden de gele tolbeambten alleen maar verveeld toegekeken.

In Delhi verliep het scenario anders. De tulbanden vlogen hen haast van het hoofd toen ik de zwaarden ter goedkeuring op mijn koffers legde. Ze deinsden achteruit, lieten onmiddellijk de toegang tot het douanevertrek afsluiten, niemand mocht nog binnen, niemand mocht er nog uit, zodat ik meteen door een stelletje zenuwachtige Amerikanen haatdragend werd bekeken.

Was de internationale toestand nog niet voldoende gespannen, dat ik in New Delhi met mijn twee zwaarden de situatie nog moest vertroebelen?

Uit een obscuur kantoor werd een donkere knaap gehaald, vermoedelijk iemand van de Indiase Veiligheidsdiensten, en zijn blik liet er geen twijfel over bestaan: ik was dé vangst uit zijn carrière.

Het zweet drijft je in India zo al van het lijf, maar met twee zwaarden wordt het klam onder je oksels. Het werd een ontzettend moeilijke dialoog. Dat ik de zwaarden enkel als aandenken voor mijn zoon mee naar huis had willen nemen, versterkte bij de donkere knaap het idee dat we een onwaarschijnlijk gevaarlijke familie vormden, waar zelfs de kinderen met het mes in de hand werden grootgebracht.

Dat ik bereid was de zwaarden gewoon bij hem achter te laten, kon niet meer baten. Ik had de bedóeling gehad de Boeing te kapen en de bedoeling was even slecht als het feit zelf.

Twee jaar vóór mij had een jongeman met één zwaard een Boeing afgeleid en daar had die toen levenslang voor gekregen. En ik stond hier voor hem met twéé zwaarden.

De gezagvoerder werd ervoor uit zijn cockpit gehaald, een goedmoedige lobbes, die zo snel mogelijk terug bij zijn vrouw in Los Angeles wilde zijn.

'Beautiful,' zei hij, nadat hij de zwaarden in de hand had genomen. 'Waar heb je die van?'

In de cockpit hebben ze aan zijn voeten gelegen. Met Indiase kleefband grondig aan elkaar gehecht. Met achttien stempels erop, van elke ambtenaar één.

Het voltallige douanepersoneel heeft me vergezeld tot bij de Boeing. De maan scheen op het tarmac en ik vond dat het gezelschap een beetje leek op Ali Baba en de veertig rovers.

Misschien komen die zwaarden ooit nog in het Museum van het Vlaams Cultuurleven naast dit stukje te liggen. Dan heb ik er, zelfs zonder veroordeling, mijn levenslang al op zitten.

NANAK

Het geitje had een naam, maar die ben ik vergeten. Het stond in de schaduw van een palmboom helemaal bij het eind van de oprijlaan naar het Oberoi Hotel in New Delhi. Het stond op me te wachten, aan een touwtje dat Nanak in de hand hield.

Speciaal voor mij had Nanak de geit een universitaire opleiding gegeven. Gewone geiten studeren in India niet. Ze lopen, een beetje overbodig, tussen de heilige koeien en de taxi's door en niemand let op ze.

De geit van Nanak had gestudeerd. Ze zou voor de Vlaamse televisie onmiddellijk een contract hebben gekregen. Zelfs voor Circus Bouglione zou ze een goede beurt hebben gemaakt. Maar de mogelijkheden in India waren niet gunstig, zodat Nanak nu al de top van zijn carrière had bereikt, bij de oprijlaan van Oberoi. Daar kwamen ze allemaal langs, de westerlingen met hun filmcamera's. Lang vóór Nanak had de geit ze al gehoord en dan kroop ze ongevraagd overeind, klaar voor het nummertje.

Nanak zette het houten diaboloblokje op de grond en daar ging de geit dan met de vier harde pootjes op staan. Ze keek recht in de camera en bleef net zo lang knikken tot het zoemen ophield. Ze wachtte even tot de westerling opnieuw had ingesteld, dan knipte ze één oog dicht en lichtte de bovenlip op om in close-up te glimlachen.

Nanak zelf moest er niet eens voor overeind komen. Hij zat er in zijn blote bruine bast bij, met enkel een linnen broekje om de heupen, en hij stak zijn hand uit voor het honorarium. Een briefje van een roepie, dat hij eerst tegen het voorhoofd drukte en dan voorzichtig met de lippen zoende.

'Dit was de roepie voor de geit,' zei hij dan. 'Nu nog een roepie voor mij.'

In een metalen doos heb ik thuis de film zitten. *India – oktober 1971*. Telkens als ik wil, kan ik ze terugzien. In kleuren. De heilige koeien, de hasjrokers, de tempels, de uitgemergelden op de strooien bedden langs de straat, de taxietjes met de opschriften *God is good* en Nanak met de geit aan de oprijlaan van Oberoi.

Is het niet heerlijk dat er zoveel decors bestaan waar je films van kunt maken en dat er zoveel figuranten ter beschikking zijn die voor je op de stoep liggen?

Ze hebben gebombardeerd in de buurt van New Delhi. Misschien wel op het plaatijzeren hokje waar Nanak woonde. Misschien heeft de geit wel een granaatsplinter in de witte buik gekregen. Dan heeft ze al die jaren voor niets gestudeerd.

Nanak vroeg het me nog. Of ik in Europa voor hem en voor de geit geen betrekking wist. Het hoefde niet eens gratis. Op een fifty-fiftybasis. En hij wilde tussendoor best nog elke dag mijn auto poetsen.

Ik had het moeten doen natuurlijk, maar we zijn tenslotte ook maar machteloze clowns. Met zijn allen in één grote Bouglione.

3 1 7

Mocht je ooit in Bangkok in het Siam Hotel willen logeren en men geeft je kamer 317, weiger dan. Ga er niet in. Het is een heel behoorlijke kamer. Niks op aan te merken, kraakhelder, luchtgekoeld, prettige verlichting, links bij het binnenkomen een royale badkamer met olijfgroene tegeltjes, een bed om bij te schreien dat je er alléén in moet liggen en tapijten tot over je enkels. En toch, ga er niet in. Ik geef je de gulden raad, neem uitdrukkelijk een ander nummer. Er kan elk ogenblik iemand binnenkomen. Een lange, graatmagere man met een brilletje, een blanke weliswaar, maar toch. Je staat halfweg de badkamer, nieuw geschapen, er kan je niks gebeuren, en plots draait iemand de sleutel in het slot om, stapt onbeschroomd naar binnen en zegt: 'Sorry, maar ik heb het sleuteltje.'

Waar heb ik die stem nog gehoord? denk je bij jezelf.

Het is onwaarschijnlijk, maar ik heb de sleutel. Elk moment kan ik naar Bangkok vliegen, een taxi naar het Siam Hotel nemen en naast je in bed komen liggen. Misschien merk je het 's anderendaags pas en ontwaken is op zichzelf al tragisch genoeg. Ik heb de sleutel. Bij vergetelheid heb ik hem op zak gestoken en pas toen ik boven Rangoon naar het toilet wilde, voelde ik hem in mijn broekzak.

Op het knalrode plaatje staat in gouden letters gedrukt: *Please mail back key if taken by inadvertense.*

Tot vandaag heb ik het nog niet gedaan. Ik vind het een waanzinnig idee om bij me thuis om de hoek een sleutel in een brievenbus te laten glijden en dan van de postbode te verwachten dat hij die wel naar Bangkok terugbrengt. Zo ver reikt mijn geloof in de posterijen niet. Vandaar dat je in Bangkok beter een andere kamer kunt kiezen. Want ik ken mezelf, vroeg of laat ga ik daar terug heen, alleen ter wille van die sleutel. Ik wil weten wie er na mij in die kamer is komen liggen.

Een oudere weduwe uit South-Carolina, die heel alleen een dure trip om de wereld maakt, me onberoerd ziet binnenkomen en enkel zal zeggen: 'Hello dear, how are you?'

Of een zwaar doorgegeten Duitse businessman, die honderdduizend wasmachines aan Thailand wil verkopen en met een dubbele whisky naast zich in bed een Simenon ligt te lezen.

Ik zal op mijn tenen tot vlak bij hem sluipen, hem plots een klap op de schouder geven en 'Haaa!' roepen. Het heerlijkste wat je bij een Simenon kan overkomen.

Het kan me een blauw oog kosten, maar daar geef ik niet om. Dat sleuteltje van 317 jeukt in mijn hand. En als ik íemand in dat bed wil verrassen, dan ben jij dat.

BERLIJN

We hadden een kamer aan de voorkant van het hotel Stephanie in de Bleibtreustrasse in Berlijn. Een collega en ik.

Het was een zomeravond, bijna middernacht, op een boogscheut van de Kurfürstendam. We hadden het venster wagenwijd opengezet, doch wanneer je naar beneden keek, zag je enkel een doodstille straat, die op het leven van morgen lag te wachten.

Van het huis vlak naast het hotel ging de deur open. Een winkeldeur, want je hoorde tweemaal een ouderwets bescheiden belletje rinkelen.

Er kwam een man naar buiten, van wie we alleen het silhouet konden zien. Een kort, gedrongen type was het. Hij hield de handen in de broekzakken en in de mond had hij een pijp, waarvan je het rode vuurtje kon zien gloeien.

Hij deed langzaam drie stappen tot bij de rand van het trottoir, daar bleef hij staan, hief zijn linkerbeen omhoog en liet een reusachtige wind. Een ongelooflijk fors geluid, dat je alleen maar in Duitsland voor mogelijk kon beschouwen. Misschien dat je het in de allerdiepste diepte van het Afrikaanse oerwoud nog een zeldzame keer kon registreren, doch dan bleef het toch voorbehouden aan ervaren vorsers, die er jaren geduld en opzoekingswerk voor over hadden gehad.

De prestatie was zo enorm dat mijn vriend en ik tegelijk besloten terug naar beneden te gaan om persoonlijk met de man kennis te maken en hem van nabij te kunnen gadeslaan.

Beneden in de receptie moest de hotelbediende het geluid ook hebben waargenomen, want hij bekeek ons met verontschuldigende blik, doch hij onthield zich discreet van elke commentaar. Je zag duidelijk dat de hoteldirectie niet aansprakelijk kon worden gesteld voor feiten die zich in een belendend pand of in de onmiddellijke omgeving daarvan voordeden en die door onbevoegde derden werden veroorzaakt.

De man stond nog steeds op de stoeprand, de handen diep in de zakken. Hij blies onwaarschijnlijk grote tabaksdampen recht voor zich uit de nacht in, maar toen hij ons bemerkte, nam hij de pijp uit de mond.

'Grüss Gott,' zei hij.

Hij had erg veel weg van een in elkaar gestuikte bokser, die na afloop van zijn carrière te dik was geworden.

Hij stond recht overeind in een veel te wijde manchester broek en over zijn borst krulde een zwarte baard tot op de tweede knoop van zijn geruite hemd.

Hij vroeg zich niet af of we zijn boodschap aan de wereld hadden opgevangen, hij zei alleen maar 'Grüss Gott.'

Ik weet dat ik geen schijn van kans maak door u geloofd te worden, maar we stonden oog in oog met een van de zeldzame figuren over wie alle grote wereldkranten jarenlang gretige kolommen op de voorpagina hadden gedrukt. Als persoonlijke lijfwacht van Al Capone had hij in Amerika in de grote dagen van de gangsters de triomfen meegevierd. Hij had er een filmcarrière aan overgehouden, met de grote stars van toen aan zijn zijde. Met de revolver in de hand had hij filmovervallen gepleegd op de meest beroemde vrouwen ter wereld terwijl die gillend uit hun badkamer wegrenden, de andere kant van de camera uit, een waaier van zeepsop achter zich latend, zodat je niet kon zien wat je dacht te zullen zien.

Na de oorlog was hij uit Hollywood weggetrokken, terug naar Duitsland. Heimwee naar huis. En om zijn mémoires te schrijven. Captain Jack Bilbo. Een boek van straks vierhonderd pagina's. Het ligt hier voor me, met een opdracht erin.

Toen ik onlangs weer in Berlijn was, tien jaar later, vond ik hem niet meer. Hij was gestorven. Het rariteitenwinkeltje dat hij in de Bleibtreustrasse had gedreven, was door een droogkuisfiliaaltje vervangen en op de stoeprand waar hij had gestaan zag je geen voetafdrukken.

In de hotelreceptie stond nu een veel jongere man, die hem enkel nog van horen zeggen had gekend. Hijzelf was weg. Gone with the wind.

OSWIECIM

Wat ik al honderdduizend keer op de televisie had gezien en in films en in boeken en op foto's en in encyclopedieën, dat stond nu ineens voor me.

Het viel kleiner uit dan ik het me altijd had voorgesteld en de SS-mannen ontbraken.

Niettemin liep ik met afhangende schouders en zonder iets te zeggen onder de poort door naar binnen.

Arbeit macht frei.

Voor het eerst in mijn leven zat ik in een concentratiekamp. De Duitsers waren op bijna hinderlijke wijze afwezig. Ze zaten nu als gepensioneerden in hun dorpen in Beieren, Rheinland-Pfalz of Baden-Württemberg. Misschien had ik ze wel ooit ontmoet zonder het te weten. De bankdirecteur, de Hotelinhaber of de voorzitter van de plaatselijke Verkehrsverein.

Het regende in Oswiecim en het was duidelijk dat het er nooit iets anders deed. Zie je een voorjaars- of een zomerzon over een concentratiekamp schijnen?

Hetzelfde van tóen gebeurde ook nu nog steeds. Een vrouw stond op het perron en duidde aan wie naar links en wie naar rechts moest. Dit keer was het alleen maar een vrouwelijke gids, die koste wat het kost de inzittenden van haar bus bij elkaar wilde houden. Je werd dus niet meer in je argeloosheid ergens heen gebracht waarover je later nooit nog zou kunnen vertellen.

Oswiecim stond nu eenmaal op mijn reisprogramma, alhoewel dit soort dingen aan mij niet besteed zijn. Ik houd er slapeloze nachten aan over en in het Zwarte Woud of aan de Tegernsee worden de hotels nooit meer wat ze geweest zijn. Er zullen voortaan altijd mannen naar binnen komen die ik wantrouw. Oswiecim. Zoals het vroeger ook al heette, vooraleer de Duitsers er Auschwitz van maakten.

Met een steenworp verderop Birkenau.

Moet dat nu echt allemaal zo dicht bij elkaar? Dezelfde bezwaren die je vijftig jaar later opnieuw hoort, maar dan in verband met pretparken. 'Er zijn er al zoveel! Moet er hier nu echt alweer eentje bij komen?'

De gids liep voor ons uit over de grijze asseweg en hij klom de houten ladder op naar een van de uitkijktorens. De mitrailleurs waren weggehaald en rondom had men zelfs glazen wanden aangebracht, die beschutting boden tegen wind en regen.

Dit is mijn redding, dacht ik. Laat de anderen maar door het kamp dwalen, ik wacht hier wel tot ze terug zijn.

Ik bleef alleen in de toren achter, de kraag van mijn regenjas omhoog, tenminste een beetje beschermd tegen de kou, en ik tuurde door het vuil geworden glas naar het desolate landschap.

Op de trap beneden hoorde ik ineens gestommel en stemmen die naar boven kwamen.

Laat maar komen, dacht ik. Hier kent toch niemand me.

Ik verstijfde. Het waren Antwerpenaars die de trap opkwamen!

Ik ging in een hoek staan, de handen diep in de zakken, de kraag omhoog, helemaal in elkaar gedoken.

Barakken in de regen. Het beeld van de prikkeldraadafsluitingen waar de gevangenen in films in wanhoop tegenaan sprongen.

Ik was een van de miljoenen naamloze toeristen. Ik stond in Auschwitz op een uitkijktoren te mediteren, waar niemand me kon herkennen.

'Het ies 'm wél!' hoorde ik een vrouw achter me in prachtig Antwerps tegen de anderen zeggen. 'Het ies 'm zékers!'

Vluchten kon niet meer.

'Allei sèg! De Jos! Ziette ga ien Auschwitz?'

Het klonk of ik er in '45 vergeten was weg te gaan.

'Hoe komde gaa naa hier?'

Ik vertelde dus maar dat ik er met een groep van de BRT was en dat de anderen ergens verderop in de barakken rondliepen.

'Veur 'n reportage zekers?'

'Nee,' zei ik. 'We zijn allemaal personeelsleden die 25 en 35 jaar dienst hebben en nu zijn we samen op reis. Vandaar.'

'Sèg amaai!' zei een van de mannen die naar boven geklauterd waren. 'Da's oek nogal ne cadeau! As ze 35 joar oep den BRT gewerkt hemme, dan stuure ze ze noar Auschwitz!'

Zijn vrouw nam het voor me op.

'Awel, gaa hèt toch oek 'n horlojje gekregen toen ge baa den Bell zèt weggegoan.'

'Ha joa,' zei de man. 'Een horlojje! Da's oek nogal iet aanders!'

'Da's juust hetzelfde,' zei de vrouw. 'As ge hie ziet, dan wette oek hoe loat dat het ies!'

Ik vermoed dat het de allereerste keer geweest is, tussen 1934 en nu, dat er op de wachttoren van Auschwitz zo hard gelachen werd.

Ik vind het gruwelijk, het was er het decor niet voor, maar ja, ik maak het leven ook niet zelf.

KILLINEY

Ik liep door het dorp en wist niet wat er aan de hand was. Er wás iets, dat was wel duidelijk, maar ik kon het niet aanwijzen. Het waren de huisjes niet die vreemd van bouw waren, uit een geheel ander landschap, waar ik nooit eerder was geweest. Ze deden vaag aan Bretagne denken, petieterig tussen weidse stukken land, die naar de zee afdaalden.

De bomen waren hier ook groener gebleven dan bij ons, dieper groen, of het weken na elkaar had geregend en de bladeren daar intens van hadden genoten. Ik wist dat het decor waar ik doorheen liep op prentbriefkaarten stond en dat ik er straks een van zou kopen om naar vrienden te sturen. Hartelijke groeten uit... Ik wist zelfs niet eens meer hoe het dorp heette. Een moeilijke naam, zoals alle Ierse namen. Ik had hem op een papiertje geschreven om te weten waar ik was. Killiney, dat was het ja, Killiney.

Was het toch enkel de verwondering om met een metalen vogel uit de wolken te duiken en plots in een ander land te staan? Door een onbekende man te worden afgehaald, met wie je dan sprak over mensen en dingen die je één dag eerder totaal vreemd waren. Terwijl ik naast hem zat, werd ik geleidelijk aan wild van angst. De wegen waren zo ontzettend smal en steeds maar kronkelend. Om elke bocht stond een catastrofe zo goed als vast.

'Links rijden is even wennen,' zei hij. 'Je had beter achterin kunnen gaan zitten, daar heb je dat gevoel niet. Wacht, hier moeten we toch even halt houden.'

Hij liep me voor naar een ijzeren hek, dat eruitzag of wel niemand het zou kunnen openen.

'Een halve ton ijzer,' zei hij. 'Maar het loopt als vanzelf. Dat hebben ze overgevlogen uit Stuttgart.'

Over de stenen treden waren wilde planten gegroeid. Ze staken hun lange, puntige vingers uit naar nog verder, maar de zomer was aan zijn eind.

'Rustiger konden ze nooit liggen,' zei hij.

Ze lagen onder vierkante, platte brokken natuursteen en hun tuin was helemaal ingegroeid door groen. Bomen waren enthousiast om hen heen opgeschoten en de kruinen waren in elkaar gegroeid, zodat het beneden altijd koel en vochtig bleef.

Otto Ritter – Unterleutnant Kriegsmarine – °1921 ✝1942. Helmut Kristian – Matros – °1918 ✝1943...

Op een van de stenen lag een tuil rozen, die nog niet helemaal was vergaan. Welke vrouw was die hier komen leggen vanuit Koblenz of welke man vanuit Wittenbach?

Het was er zo stil dat zelfs geen enkele vogel het aandurfde iets te zeggen. Langs de tuin spoelde een rivier voorbij met woest water, dat vruchteloos tegen bruinbemoste stenen spatte en zich dan opgewonden voortbewoog naar beneden toe. Dat was alles, andere geluiden waren er niet. Geen.

'Ik meen dat het er achtendertig zijn,' zei hij. 'Als je tot boven loopt, kun je de zee zien. De baai waar ze in de loop van die jaren zijn aangespoeld.'

Kriegsmarinejongens, die getorpedeerd waren geworden, met een schreeuw in het water waren geslingerd en maanden later in de baai waren aangespoeld tussen schelpen en zeesterren. Een paar vliegeniers ook, die onderweg tussen vuur en water nog de cockpit van hun Messerschmidt hadden verlaten en uiteindelijk hadden plaatsgenomen onder deze brokken steen. Wieland Riedel – Fliegeroffizier – °1920 ✝1941.

Ik liep nu alleen door het dorp. Het eerste Ierse dorp dat ik in mijn leven zag en waaruit ik straks weer voorgoed zou weggaan. Wat had dit dorp dat ik niet kon achterhalen? Wat voelde ik zonder bij machte te zijn het aan te duiden?

Een hond dwarste de rijweg, rustiger dan ik dat honden thuis altijd zag doen, en ineens wist ik het. Een autoloze zondag. Dat was het. Geen wagens en geen verkeer en geen geraas, waarvan je je niet eens bewust was en dat je pas weer besefte wanneer het ontbrak. Dat was het wat ik al die tijd had gevoeld. Ierland, elke dag zoals een autoloze zondag tóen bij ons. De matrozen waren in de goede baai aangespoeld.

Ik heb al op vele plaatsen staan luisteren naar niets, naar dingen die er niet waren, naar afwezigheid van geluid, maar stiller dan dáár zal ik nooit meer treffen. Het is een absurd verlangen, maar als het weer oorlog werd, zou ik jachtpiloot willen zijn en mijn vijand ontmoeten boven de baai van Killiney.

'Ze waren met zijn vijftienen, geloof ik. Het was een Flying Bomber en de Flak had hem naar beneden gehaald, juist op de avond dat wij een feestje hadden gepland. Eens grondig doorzakken, héél grondig doorzakken, want dat was het enige wat je in die periode nog had. De oorlog was zo goed als gedaan en dan kun je beter feestvieren en doordrinken, want straks was het allemaal over, dat was wel duidelijk... En toen, juist die avond, de avond van die fuif, kwam die Flying Bomber. Veel te laag waarschijnlijk, vlak in de lichten van de schijnwerpers en zo'n bommenwerper kan daar niet meer uit, dat is gedaan, dat is een vogel voor de kat, die kan zich niet wenden, dat is van de grond af alleen nog maar rustig en nauwgezet richten en hem naar beneden halen... Hij viel alsof hij van karton was, helemaal uit elkaar, en je zag ze springen, ik meen dat ze met zijn vijftienen waren, alhoewel dat me nu veel lijkt, maar toch geloof ik dat het er vijftien waren... Ze moesten worden opgehaald en het trof ons toch zeker. "Jullie gaan ze halen," zeiden ze. We lagen een heel eind in Duitsland, ik weet niet meer precies hoe het dorp heette. Twintig kilometer van de Zwitserse grens was het. Ze hadden natuurlijk ook over de grens kunnen vallen, maar ze hadden pech. Ik zie ze nog voor me. Twee van hen stonden, de anderen zaten. Ze waren wit van de schrik. Ze waren er zeker van dat ze meteen doodgeschoten zouden worden. Ze staken de handen in de lucht. "Laat maar," zeiden we. "Geef je sigaretten maar, dan is het o.k.." Maar ze vertrouwden het niet. "Als ze je pakken, schieten ze je dood," was hun altijd gezegd. "Zorg dus dat je wegkomt." Maar waar zij gevallen waren, daar was niet meer weg te komen, onmogelijk. Onmogelijk. We kregen de sigaretten. "Schieten jullie ons niet dood?" zeiden ze. "Nee," zeiden we. "We hebben vanavond een feest en we nodigen jullie uit. Jullie zijn onze gasten, jullie komen van zo ver, dus daar willen we wat aan doen." Er was er één bij die lachte, dat herinner ik me nog. Een lange, magere, rosse. We lieten ze op de vrachtwagens klimmen en reden naar ons kampement. "Hoeveel?" riepen ze onderweg. "Vijftien!" riepen we terug. Het was al laat, het was al avond en direct na het eten, weet ik nog, begonnen we te feesten. Alle liedjes, weet je wel, soldaten- en studentenliedjes en "Hedde gij meubelen en hedde gij huisgerief, dan kunde gij trouwen mee oe lief!" En "Wir fahren gegen England" ook nog. Dat was om je kapot te lachen op dat moment, want het was toen al zo goed als gedaan. En "Wij dragen een vlag ten heuvel op, wij dragen een vlag tot de hoogste top!" En "Halli, hallo, halla!" en dan weer "Die Beine hoch, der Führer braucht Soldaten!" De Amerikanen zaten vlakbij en wij toch maar feesten. Boven op de tafels staan en zo, je kent dat. En de maat slaan en zingen. Wat die vijftien toen gedacht mogen hebben, weet ik niet, dat vraag ik me nu nog altijd af. Die zaten daar alsof ze in een gekkenhuis waren terechtgekomen. "Luister!" zeiden we. "Feesten is feesten, nu moeten jullie ook zingen!" En dat deden ze. Ze zongen "My Bonnie is over the ocean, my Bonnie is over the sea" en dat was waar, want daar kwamen ze regelrecht vandaan. Opstijgen, wegvliegen en niet meer terugkomen... Ik ben vergeten wat ze nog allemaal zongen. Ook dingen die we nog nooit hadden gehoord... Een van hen was er toch niet gerust op. "Wat gaan jullie straks met ons doen?" vroeg die. "Luister," zei ik, want ik was daar de hoogste in rang. "We zullen het op een akkoord gooien. Morgenvroeg hebben we sporttraining. Om halfzes. Hardlopen, verspringen, aflossen, dat soort dingen. Wel, jullie doen gewoon mee. We zitten hier op twintig kilometer van de Zwitserse grens en we zullen een eerlijk akkoord maken. Als jullie morgenvroeg winnen, brengen we jullie naar de grens. Dan zijn jullie vrij. Winnen wij, dan brengen we jullie naar het kamp van de SS. Er is geen andere keuze." Ze renden, dat kan ik je verzekeren...'

'En?' vroeg ik. 'Wonnen ze?'

'Nee, ze verloren en we brachten ze naar het kamp. Het was zo overeengekomen, een woord is een woord.'

Ik dronk mijn glas leeg, de ober zag het en schonk het onmiddellijk weer vol. Aan de overkant flitsten enorme neonreclames aan en uit.

'Buenas noches!' zei hij toen hij wegging tegen de portier met dienst.

'Buenas noches, señor!'

'Slaap goed,' zei ik.

Ik keek hem na. Een oude man in een donkere overjas. Hij ging met langzame, bedachtzame stappen.

Een man die het gemaakt had. Wat maakte je?

LINDENFELS

De zondagvoormiddag is een moeilijke opdracht voor het stadje. De zon was er vanmorgen opnieuw alsof er vannacht niets aan de hand was geweest. Misschien wel de moeilijkste zondag van het jaar.

Gisteravond was er vuurwerk, boven bij de burcht, en daar waren ze van ver uit de omtrek voor gekomen. De terrassen zaten vol met mensen die doelbewust aan het feest wilden beginnen. Zware, dikke mensen, die de warmte op het veld onderbroken hadden, en anderen, die hun winkels gesloten hadden om samen feest te vieren. Wurst- en Sauerkrauteters, die boven bij de burcht onbeperkt aan hun trekken konden komen. Het worsteneten begon al op de terrassen en onder de lage lindentakken bleven de geur en het vet hangen.

Een logge man, die wel zwanger leek, stond op van zijn stoeltje en wees naar de burcht, waar honderden lampions hingen.

'Ik ga boven verder drinken, want het is makkelijker om straks een vracht naar beneden te brengen dan ze naar boven te sjouwen,' zei hij.

Het vuurwerk barstte uit elkaar met knallen die heimwee bij hen moesten oproepen. Heimwee en Begeisterung. Het klonk of er opnieuw een frontlinie in Polen werd ingenomen. Of een dorp in Frankrijk in de meidagen van '40. Er waren groene, hoog uit elkaar spattende sterren, die een tijdlang bleven naknetteren, en dan applaudisseerde de massa. Het was drukkend heet, zoals voor een onweer, en je hoorde in het donker het sissen van vaten bier die werden opgestoken.

Wie vannacht in de warme hotelkamers lagen, konden de slaap niet vatten, want onder hun vensters kwamen mannen voorbij die te veel gedronken hadden en die liederen zongen. Bekende melodieën, maar met andere teksten, die niet in de zangbundels stonden. Schunnige, waar niemand voor hoefde te blozen, want het was donker. Zelfs het Horst-Wessel-Lied was erbij, jaren overtijd. En 'Die Beine hoch, der Führer braucht Soldaten'... Het was het feest van de zomer en dan worden geen begeerten over het hoofd gezien.

De fanfare had de vuurwerkmakers afgehaald bij de ingang van het stadje. Een forse blaaskapel eigenlijk, want daarzonder voelen Duitsers zich gehandicapt en in de onmogelijkheid gesteld om te feesten. Iemand met één arm speelde ook mee, hij hield het koperen instrument met zijn stomparm tegen de schouder gedrukt – Rusland '42 – en blies met een hoofd dat je bang maakte voor een hersenbloeding.

Een gitzwarte neger met een ziekenfondsbril maakte ook deel uit van de muziekkapel. Indien de Reichstag niet was afgebrand, had hij in Louisiana jazz zitten spelen, maar door de loop der geschiedenis en door hartstochten die niemand kan peilen en waar toch niets tegen te doen is – Wie ist es ja Gott möglich für ein Kind wie Anneliesel Blut und Ehre zu vergessen? – stond hij nu in een straat in Lindenfels tussen afgehakte berkenbomen en onder de afhangende, veelkleurige vanen en hij blaast mee in de maat der anderen.

Vanmiddag zal de stoet uittrekken. Mannen en vrouwen in de klederdracht so wie es früher war en kinderen zullen zich doodzweten in gebloemde jurkjes met strikken en in witte, geitenwollen gebreide kniekousen. De oogst is rijp en hier en daar zijn er donkerder plekken in het landschap. De eerste wagens zijn al binnengereden en die hebben littekens achtergelaten waar het graan werd weggemaaid.

De zondagvoormiddag is moeilijk. De straat is er dan enkel om heen en weer te wandelen, afwachtend wat straks moet komen. Een pauze tussen de nacht en de middag. Dikke vrouwen, die moeilijk kunnen gaan, hebben hun stokken meegebracht en je hoort de metalen punten knetsen op het trottoir. Forse modellen, die al jaren elke strijd hebben opgegeven en in volstrekte gemoedsrust een Jägerschnitzel met roomsaus bestellen en Schwarzwälder Torte mit Sahne. Ze zitten aan witgeverfde ijzeren tafeltjes onder de kastanjebomen van het Terrassencafé en rondom hen groeit het naar de middag.

In de katholische Kirche is het koel en de pastoor preekt er dan ook ongestraft vijfendertig minuten lang over het heilige doopsel, dat, als je het zelf toepast, maar drie minuten duurt. Links achteraan, in hout gesneden, staan de namen van de gesneuvelden met de datum waarop ze vielen. Alfred Homberger, 14-8-39. Karl Homberger, 4-6-42. Johannes Homberger, 17-9-44.

De gelovigen slapen op hun stoelen, het is hier koel, maar buiten op het plein hangen de vanen onbeweeglijk in de hitte. Wanneer het orgel speelt, na de mis, is het nog slechts een halfuur van de middag verwijderd. En van de stoet, die hier en daar al hoorbaar wordt achter houten vakwerkgevels. De trompet van een neger die in het verkeerde werelddeel blaast.

Zelfs het winkeltje heeft geen bel, je kunt er geluidloos binnengaan, enkel aan je voetstappen word je gehoord. Dan komt een vrouw uit de keuken. Ze draagt een geur van wijn met zich mee en vraagt wat je hebben wil. Alleen de noodzakelijke dingen zijn voorradig, boter en kaas en eieren, wollen sokken, en kaarsen ook, en waspoeder. De verschillende geuren daarvan vormen samen die ene, niet definieerbare, die de sfeer van het winkeltje uitmaakt. Een piepklein huisje, waarvan het venster met minieme middelen tot etalage is omgevormd. Om er echt een winkel van te maken dient de verbeelding de rest bij te passen. Wie er komt kopen, blijft voor niet-ingewijden een raadsel, want dagenlang ligt het dorp zonder enig geluid van mensen. Er loopt niemand door de straat, wagens dringen er niet door en wie er een tijdje verblijft, begint zich af te vragen of die gevels wel echt bestaan. Of ze niet slechts als decor moeten dienen voor een film. Een oorlogsfilm. De zomer is op zijn hoogtepunt, de Duitsers hebben zich onzichtbaar in de wijngaarden teruggetrokken en verroeren zich niet. In de schuurtjes en in de stapelhuizen voor wijn schuilen de mannen van het verzet. Dadelijk beginnen de mitrailleurs te ratelen en midden op de straat tuimelt iemand achterover en blijft op het hete asfalt liggen.

Brede, afgesleten, roodstenen trappen leiden naar het raadhuis. Een doffe, donkere, houten poort met een koperen klink. Mogelijk dat achter een van de ramen op de verdieping inderdaad de burgemeester aanwezig is, doch dit lijkt toch wel onwaarschijnlijk. Indien hij er is, zit hij samen met de secretaris en de ontvanger en de oudste bediende met een fles wijn tussen hen in en spreken ze over de problemen die er in het dorp niet zijn.

Van de Mairie leiden de trappen een eind verder, recht de kerk binnen. Bij het opengaan van de houten deur hangt de geur van vervuild wijwater en van vocht, die niet te bannen is. Koele, blauwe plavuizen van wel een meter in het vierkant, waarop je voetafdrukken meteen zichtbaar blijven. Een houten heilige draagt een lans in zijn rechterzij en de pijn daarvan is wel tweehonderd jaar oud. Achter de kerk, rondom, kun je de wijngaarden heel goed zien liggen. Ze gaan geleidelijk omhoog, in een zachte helling, zover je kunt kijken. De hoogste komen wel tot tegen de grote berg, waaraan je 's morgens kunt zien of het een mooie dag wordt of niet. Wanneer je de top ziet, wordt het goed, zie je die niet, dan regent het de hele dag. Een ander weerbericht hebben ze in het dorp niet nodig en toch is er iemand in de straat die televisie heeft. In een van de huizen op de eerste verdieping staat een venstertje open en daarachter hoor je de televisie praten. En je ziet op de gordijnen ook de blauwe weerschijn van de buis. Wie ernaar zit te kijken, blijft een onbeantwoorde vraag.

Bij de twee restaurantjes die het dorp rijk is, staan nochtans borden buiten om te adverteren voor goede dingen die binnen te eten zijn. Gekookte hammetjes, die smelten in je mond, en wijngaardslakken, die je dagenlang doen stinken naar look. Wanneer je naar binnen gaat om te eten, komt er inderdaad ook iemand. Ineens is die er, misschien zat hij aan een tafeltje in een donkere hoek, bij een fles wijn, witte wijn van de streek. Zijn ogen hebben ook de uitdrukking die daarbij hoort: je moet de dingen niet moeilijker maken dan ze zijn.

Het bed kraakt of er in een kwarteeuw niemand meer op geslapen heeft en je zakt naar het midden, waar je blijft liggen in een diepe, warme kuil. 's Morgens kraait een haan en daar word je wakker van. Niemand kraait terug, het is een dier dat het hele dorp voor zich alleen heeft. Niemand roept iets, er zijn geen voetstappen op straat. Ook op het binnenerf niet, daar bloeien geraniums en veertigduizend lege flessen liggen opgestapeld tegen de witte muur. Waar zijn de mensen die al die flessen hebben leeggedronken? Ze blijven onzichtbaar. Soms tref je er een van hen, geheel onverwachts, midden tussen de wijngaarden. Hij knijpt met de hand de druiven om te voelen voor wanneer het zal zijn. Hij wrijft een druif stuk tussen duim en wijsvinger en tot op een dag na kan hij zeggen wanneer de herfst zal komen. Nog vroeger donker wordt het dan in het dorp en nog geluidlozer. Misschien heeft intussen wel iemand de haan geslacht. Voor coq au vin. Hij kan dat rustig doen, daar kraait in het dorp geen haan naar.

DE TEGERNSEE

Ik dacht dat er niets ontbrak, maar het was wél zo. Herr Ober komt discreet een bloemetje op de tafel zetten. Ja so, auch noch ein Blümchen dazu.

Ik zit midden in een prentbriefkaart die nooit verstuurd zal worden. Een zondagmorgen aan de Tegernsee. Zelfs de scheepjes liggen toegedekt, omdat niets of niemand zin heeft om te bewegen. Bij de aanlegsteiger, recht tegenover het hotel, wacht vandaag niemand. De Staatliche Schiffahrt laat het blijkbaar afweten op de dag des Heren. Wie naar Bad Wiessee of naar Sankt Quirin wil, zal vandaag iets anders moeten verzinnen.

Er komt een sportvliegtuigje over en dat is voorlopig het enige geluid. Wanneer dadelijk de grote, prachtige vergulde wijzer op de torenklok de driekwartier heeft bereikt, zul je drie slagen horen. De zwaluwen schrikken dan even. Ze komen plots met tien, twintig tegelijk van vlak bij het wateroppervlak omhoog en vliegen tot heel hoog, tot boven het profiel van de bergtoppen, de donkerblauwe Alpen, waarover gisteravond nog het volstrekt Duitse onweder hing. Met oerkrachten die aan Wodan en aan het Dritte Reich herinnerden.

Het meer moet eeuwen geleden een bocht voorzien hebben, de holte van een arm waarin het dorp zich genesteld heeft. Met het kerktorentje van wit en goud, dat zonder ooit te onderbreken de uren geteld moet hebben. Van voorjaar, van winter, im Frühling und mit Weihnachten, de jaren van rust, de crisis, de roes, de Krieg, de teloorgang en het herstel. En dat is nog slechts van wat we zelf weten en omvatten kunnen. Maar de eeuwen daarvoor lag het er ook al. Met lorken in de baai en met de lindebomen en met banken waarop toen anderen gezeten hebben en uitkeken over de Tegernsee, die altijd tussen groen en blauw zweeft. Een eind verderop worden de meren al groen, in Salzkammergut en nog verder, waar je door de openstaande deuren operettemuziek hoort.

Het kerkhof aan de rand van het meer – de doden willen vermoedelijk het water nog horen – lijkt wel mee te dingen naar de prijs van het mooiste bloemenensemble.

Schreinermeister Otto Hülze ligt hier onder een orgie van begonia's en dwergconiferen en welriekende kruiden begraven. Samen met zijn Gattin Helena Hülze, geboren Stolz. Hun beide zonen staan ook met gouden letters in het zwarte marmer vermeld. Zij liggen er echter niet begraven, het is voor hen slechts een Andenken. Peter-Heinrich Hülze, die in 1944 in Rusland vermist werd, en Ludwig-Rudolf, die bij Narvik sneuvelde op 8 mei 1945. Die moet enorme pech hebben gehad, want dat moet dus op de laatste dag van de Tweede Wereldoorlog zijn geweest.

In de holte van de arm van de Tegernsee, in Rottach-Egern, rond het witte kerkje, liggen heel wat romans begraven waarvan de details toch nog achterhaalbaar moeten zijn.

Als ik hier nu eens voor een jaar of twee, drie kwam wonen en ik zocht alle gegevens bij elkaar om er een boek over te schrijven... Bij de Hauptlehrer en bij de wagenmaker en bij de burgemeester en in de achter zware deuren verborgen houten huizen langs de rand van het meer.

De torenklok slaat vier keer. De kwartieren in een zwaar sonoor geluid en dan wel een octaaf hoger de slagen van het uur. Elf uur in de zondagmorgen.

Gisteravond was het kerkje nog vol volk. Vrouwen in de jurken van hier nog, rood en groen en donkerblauw met bloemmotieven. En mannen in Lederhose.

De heiligen op hun sokkels tegen de muren waren tijdens de woelige conciliejaren waarschijnlijk ondergedoken, maar nu kunnen ze weer ongestoord en onbedreigd in hun volle barokke glorie in de openbaarheid staan. Massa's bladgoud waar de zaterdagavondzon op speelde en zelfs een Sint-Antonius waarbij kunstenaars van vroeger met gouden penseel over het varken hadden gestreeld.

Frau Anna von Donnersmarck zu Sayn Wittgenstein-Berleburg is hier in 1930 gestorven op de gezegende leeftijd van 91 jaar. Iemand moet hier een paar uur geleden nog een gedachteniskaars voor haar hebben aangestoken. Die brandt tussen bloemen die ik niet ken, bloemen met zeer broze, roze schelpen.

Onder de luifel voor het hotel houdt een witte, open wagen halt. Hij volgt de goede ster van de Duitse auto-industrie. Het moet ons allen goed gaan.

Op anderhalf uur rijden hiervandaan moet Dachau liggen. Je kunt het niet van de kaart wegnemen.

Er komt toch een bootje over het meer aanglijden. Eén enkel. Met een heel dun rookpluimpje over de Tegernsee. Alle rook vergaat en wordt vergeten.

KLEIN ABER MEIN

In het dorp waar we jaarlijks met vakantie gaan, woonde hij in een miniatuurhuisje tegen een helling vlak bij het meer. Een Zwitsers huisje, waarvan je nooit weet of het zo uit chauvinisme of uit armoe werd gebouwd. Het zijne zo te zien uit armoe, maar afbetaald was het wel. Op de geel geworden zijgevel die op de weg en op het meer uitkeek, had hij jaren geleden *Klein aber mein* laten schilderen. Of hij daar bijbedoelingen mee had, werd nooit duidelijk, maar tweehonderd meter verderop lag een reusachtig Palace Hotel. Gross aber... Hij liet het bij die vrije suggestie.

Het was een huisje waarin wij, misvormd door de sprookjes, Janneke en Mieke laten wonen. In de praktijk wonen er echter robuuste Zwitsers, die hele winters zwijgend met de rug tegen de stenen kachel zitten en zich beperken tot om de drie weken eens voelen of de hammen aan de touwtjes aan het plafond al voldoende droog zijn.

’s Zomers zat het mannetje van Klein aber Mein onveranderlijk tegen de gevel, de korte beentjes gekruist, de stok rechtop tussen de handen, en keek vermoedelijk naar het meer en naar de bergen. Een klein, verneuteld mannetje met een baard die ruim zijn hele borst bedekte en die hem, mocht hij in kleuren zijn geweest, onmiddellijk tot tuinkabouter zou hebben bevorderd. Nu was hij echter uitsluitend in zwart-wit, eerder nog in een groezelige tussentint, die hem tot een mannetje zonder leeftijd maakte. Misschien was hij wel ooit tachtig geweest, maar hij bleef nu constant zonder nog ouder te worden. We zijn jaren naar het dorp gereisd vooraleer we achterhaalden dat het mannetje inderdaad ook wel echt was en er niet was neergezet als een verregaande propaganda om het landschap een archaïsch uitzicht te geven.

Enkel bij regenweer konden we vaststellen dat hij niet tegen het geveltje zat en dat hij vermoedelijk wel binnen in het huisje moest zitten, want er kwam dan een grijs rookpluimpje uit de schouw naar boven, hetgeen erop moest wijzen dat er een écht mens achter de muurtjes zat.

Op een middag, een paar zomers geleden, ontbrak hij tegen het geveltje. Mijn kinderen wezen naar het huisje.

'Kijk, het mannetje is weg!' zeiden ze.

En een eind verderop langs het meer zagen we hem eindelijk zoals hij al die jaren in het geheim geweest moest zijn. Hij kwam de weg langs, met heel korte, kromme beentjes. Bijzonder moeilijk liep hij, alsof hij iets deed wat hij niet gewend was en dat duidelijk ook niet tot zijn domein behoorde.

'Kijk!' zei mijn dochter. 'Het mannetje kan gaan!'

Al die jaren hadden we gewoon aanvaard dat het zittend tegen het geveltje aanwezig was zonder enige andere functie te hebben. Het was bijna ontgoochelend te moeten vaststellen dat het nu plots kon stappen.

Ook in de winter kwamen we weleens in het dorp. Dan lag het huisje metershoog ingesneeuwd. Slechts één vierkant venstertje bleef zichtbaar, maar je zag nooit wat daarachter gebeurde. Het rookpluimpje uit de schouw stond bevroren rechtop en de koude die uit het ijsmeer opsteeg kon je soms om het huisje zien trillen. Vermoedelijk leefde het mannetje binnenin nog wel, maar volle zekerheid daaromtrent kregen we toch pas toen we de daaropvolgende zomer opnieuw naar het dorp kwamen.

Het was een vast aanknopingspunt in het traditionele reisschema geworden. Met trefpunten die telkens terugkeerden en aangeduid werden: het einde van de autosnelweg, het meer van Zürich, de sneeuw, de bergen waar we overheen moesten en dan eindelijk, achter de bergpas, het mannetje. Ja, het zit er nog!

Dit jaar zat het er niet.

Zou er iets met het mannetje gebeurd zijn? vroegen we ons af.

In het hotel wist men het verhaal. Begin juni was het mannetje doodgegaan. Heel merkwaardig, je dacht dat het niet kon, maar het was toch gebeurd. Hoe oud het precies was, wist niemand in het dorp. Héél oud. En in het huisje in een kast had men een grote kartonnen doos gevonden, met geld. De buren en de veearts en de onderwijzer hadden de doos op tafel omgekeerd en het geld geteld. En toen was ook de briefomslag te voorschijn gekomen met de boodschap waar het geld heen moest.

'Drie miljoen,' zei de veearts. 'En het is bestemd voor het ziekenhuis.'

Het ziekenhuis lag twintig kilometer verderop in de bergen, naar Italië toe.

Het mannetje is nu vermoedelijk een röntgenapparaat. Niet eens zo'n groot toestel. Klein aber mein.

AUTOBAHN

Vlak voorbij Aken was het beginnen te regenen, in Keulen lagen de bruggen over een grijze, triestige Rijn, alsof ze daar enkel voor een deprimerende Franse film waren ontworpen.

Het zag er naar uit of het straks in Frankrijk ook nog wel zou regenen en daarom reed ik van de Autobahn weg, naar een Raststätte.

Als trefpunt voor een gevarieerde menselijke fauna is er vrijwel niets beters denkbaar. Je treft er de zware jongens van het internationale verkeer. Knapen die twintig ton gezouten vis van Kopenhagen naar Madrid rijden en hier in de Raststätte een kop erwtensoep met kluif zitten te eten.

Door de wandgrote ruiten keken ze naar een witte sportwagen met nummerbord HH, Hamburg Hansastadt, waaruit een knappe, Duitse juffrouw kwam stappen met naast haar een veel oudere heer met grijze slapen. De zware jongens hadden best hun erwtensoep even aan de kant willen schuiven en de plaats van de oude heer willen innemen, maar het leven is hard langs de Autobahn en daarom vertelden ze elkaar maar een sterke internationale mop, waarbij ze alle drie in een lach schoten die door de hele Raststätte bulderde.

De regen striemde langs de ruiten alsof het namens het schoonmaakbedrijf was. Ik keerde er de rug naartoe en prutste een kop koffie uit de automaat. Het lukte ook nog.

Er kwamen twee priesters binnen. Niet herkenbaar, dachten ze zelf, doch dat was een vergissing. Je las ze het vak zo van het gezicht af. Hun pakken waren niet zo best gesneden, er stond geen vrouw naast hen om te zeggen: 'Hendrik, wat heb je om de liefde gods nu weer uit de kast gehaald!' Ze kozen Hühnerkraftbrühe mit Ei voor één mark zwanzig en daar gingen ze op een krukje hard in zitten blazen, want Duitsers verstrekken voedsel altijd onder enorme dampen.

Er kwam een eeuwenoude Duitser in Lederhose binnen. Mit van alles drauf. Hij droeg het kleine, grijze hoedje met het groene veertje. Het type dat hardnekkig zou blijven volhouden dat Goethe en Schiller hier in deze Raststätte destijds nog gegeten hadden.

Hij wandelde onderzoekend langs de automaten, haalde een tweemarkstuk uit de broekzak en trok zo'n worst uit het toestel. Een kinderarm. Roze, helemaal in een grote krul, met twee sneden bruin brood. Met oerduits welbehagen zette hij er de tanden in en je hoorde van op afstand het knakje in het roze vlees.

Omdat mijn koffie op was, ging ik naar de toiletten. Bij het binnenkomen stond een schichtige, blonde jongen bij weer een ander soort automaat te treuzelen. Hij wilde er net een mark in schuiven toen ik binnenkwam, maar die stak hij geschrokken in zijn broekzak.

In het herentoilet stonden vijf Duitsers naast elkaar in de rij. Ze hadden een paar honderd kilometers gereden in hun zware Mercedessen en stonden hier nu rechtop naast elkaar te relaxen. Terwijl ik naast hen stond, liet een van hen plots een onwaarschijnlijk harde wind, waarbij de andere vier onberoerd bleven.

De man van de wind gaf er zelf commentaar bij.

'Haha!' zei hij met een rauwe stem, die dik zat van welbehagen. 'Haha, morgen schönes Wetter!'

Dat door de natuur gefundeerde Duitse weerbericht werd door de anderen dankbaar aangehoord. Hij was duidelijk de man in het gezelschap die met gezag iets kon zeggen.

Het regende nog altijd toen ik voorbij Frankfurt reed. Het water spoot onder de banden vandaan. Een zomer om nooit te vergeten.

Toen ik 's anderendaags in het dorpshotelletje wakker werd, stelde ik vast dat de zon achter de overgordijnen stond. Haha, schönes Wetter!

Elk heeft blijkbaar zijn eigen manier om iets aan te voelen. Feilloos. Deutsch. Gründlich. Fingerspitzengefühl kun je het niet noemen.

ICH HAB' NOCH EINEN KOFFER IN BERLIN

In een van de vijfhonderd vensters van het flatgebouw in Tempelhof stond hij, met het scheerapparaat tegen de kin, en hij keek naar mij, die in een Super One Eleven vlak voor zijn raam voorbijkwam. Ik weet niet of alle toestellen op Tempelhof zo landen, maar als dat zo is, dan moet de huurprijs van die flatjes niet hoog liggen. Een paar meter naar rechts en ze vliegen je de kaas van je brood weg.

De man met het scheerapparaat heeft me wellicht toch niet zien zitten en dus heeft hij ook niet kunnen vaststellen hoe opgelucht ik was dat we hem in de vlucht niet hadden meegenomen. Het scheelde niet veel of de piloot had hem met een vleugel lichtjes bijgeschoren.

Het moet bovendien een piloot zijn die graag wat macabere suspens in zijn vak legt, want voor hij de machine aan de grond zette, ging hij ook nog eerst vlak boven de kruisen van een kerkhof scheren. Op het nippertje Friedhof in plaats van Tempelhof.

De hele vlucht lang was ik doodsbang dat mijn koffer, door een vergissing op Zaventem, onderweg naar Mexico was, maar andermaal bleek het ongegronde angst te zijn. Ich hab' noch einen Koffer in Berlin. Was het Hildegard Knef of Marlene Dietrich? Ik weet het niet meer zeker.

Tien minuten later heeft de taxichauffeur het al over 'die Leute von drüben'. De ánderen, aan de overkant.

's Anderendaags sta ik op de Potzdammer Platz. Het regent een beetje. Vermoedelijk alleen hier, ter wille van de sfeer.

Een toerist klautert op het ijzeren laddertje en schiet door een telelens een foto van de Vopo's aan de overkant.

In het niemandsland, tussen oost en west, zitten zwermen zwarte kraaien bij elkaar. Honderden. In heel Europa kunnen ze nergens rustiger zitten dan op de Potzdammer Platz in Berlijn.

De man met de telelens zegt alleen maar 'Damals.' Hij is de zestig voorbij. Zijn kleinzoon is ervan overtuigd dat Adolf Hitler de Straat van Gibraltar heeft ontdekt. O nein? Was hij dan beeldhouwer?

Achter de muur zijn de puinhopen blijven liggen. Al bijna een mensenleven lang. Mit Pauken und Trompeten. Er spelen konijntjes in het gras tussen de DDR en de Bundesrepublik. Een natuurreservaat eigenlijk, dat maar liefst niet door mensen wordt gestoord.

Am Zoo springen straks weer de tien meter hoge letters aan: *Berlin bleibt doch Berlin.*

De man op Tempelhof zal zich nog wel een leven lang 's morgens staan scheren. Tenzij de Super One Eleven hem vroeg of laat de draad oversnijdt.

ROSA

Ze heette Rosa, ze woonde in Limburg-aan-de-Lahn en ik was wild van haar.

Ik ontdekte haar toevallig, op een late zomeravond, in het stadje dat de op niets gefundeerde indruk geeft geheel bouwvallig te zijn. Alleen de Ratskeller bleek nog open, maar daar zit je dan achter een glas zure wijn met klapperende Lederhosenmuziek uit een luidspreker ergens boven je hoofd.

Eén cafeetje was er nog. Een vakwerkhuisje, dat al een paar eeuwen, tussen twee andere gebouwen in, eerlijk zijn best deed om niet te worden doodgenepen.

In de drie trapjes-op hadden de vorige generaties hun afdrukken nagelaten.

Het was nauwelijks een café. Drie tafeltjes met elk twee stoelen vulden een lokaaltje dat een voorschoot groot was. En dan bleef er net voldoende plaats vrij voor Rosa Trost zelf. Die stond achter een miniatuurtapkast en knikte bemoedigend naar wie binnenkwam.

Binnen handbereik had ze twee flessen jenever ter beschikking en het bier tapte ze uit een verchroomde kraan, die als een ongehoorde luxe de sfeer van het gelagzaaltje permanent stoorde.

Wanneer de deur dichtviel, had je het onvervangbare geluksgevoel te behoren tot de zes die binnen waren. Bij Rosa Trost, honderd vijftig jaar terug in de tijd. Buiten kwam de nachtwacht voorbij en de maan scheen over de hobbelige kasseien en morgen zouden de gaslantaarns worden uitgevonden.

Er werd in stilte gedronken, zonder woorden. Uit kleine neutjes, die tot de rand toe gevuld werden.

Alleen oude mannen kwamen er. Mannen die in het dialect van ginder elkaar af en toe een mededeling verstrekten, waarop de anderen instemmend knikten om vervolgens in diepe tevredenheid weer gedurende een halfuur met elkaar te zwijgen. Bij Rosa Trost.

In haar benepen, schemerige koninkrijkje was ze de troost voor alles wat er buiten in de wereld, achter de deur, gebeurde. Bij haar was je terug in de tijd waarin je grootouders geleefd hebben. De goeie ouwe tijd, waarvan je dacht dat hij alleen maar vroeger had bestaan.

Een tijdje geleden was ik er weer. De deur was met twee grote nagels dichtgetimmerd. Rosa was weg en er was niemand om me in te lichten waar ze gebleven was. Naar een andere tijdelijke ankerplaats. Of misschien was ze gestorven. Of zaten ze nog binnen en wilden ze niets meer met daarbuiten te maken hebben. Rosa zelf, achter de tapkast, en de vijf vaste klanten die recht op hun tafeltje hadden.

Ik had het gevoel dat binnen één stoel onbezet was gebleven, de mijne. Doch ik kon er niet meer bij. Om een of andere reden was ik te laat voor de afspraak. Ik had het gemist. Ik bleef buiten, alleen, zonder Rosa, troosteloos.

VENETIË

Waar de duiven van Venetië hun behoefte doen, weet ik niet, maar op de Plaza San Marco heb ik zitten uitrekenen dat wanneer iedere duif twee keer per uur... – en dat is toch niet veel, wie iets van duiven afweet, zegt 'Ze doen het wel twaalf keer!' – dan zou Venetië een orgie van ellende zijn.

Het is geen gedachte voor een zondagmiddag op het San Marcoplein in Venetië, maar een mens valt wel eens profaner uit dan het milieu waarin hij zit.

We zitten met veel volk in het salon van Europa, maar gelukkig is er plaats genoeg. Vier Arabieren met witte tulbanden blijven stilstaan om na te denken of ze ook op het terras bij Florian zullen komen zitten. Het wordt nee, ze kijken naar de gevels aan de overkant en wisselen onder elkaar hun gedachten uit. Vermoedelijk overleggen ze of ze vanavond nog die gebouwen zullen opkopen of morgenvroeg pas.

Achter me zit een Amerikaans echtpaar. Hij legt haar uit dat ze zich vergist, dat ze hier in Venetië zijn, niet in Wenen. Wenen dat was eergisteravond. Waarop zij vraagt: 'Venice? Where?' Hij wijst naar het San Marcoplein, een zeer omvattend gebaar, en hij zegt: 'There.'

Ook twee heel dure dames zitten binnen handbereik. Zij moeten een moment van zinsverbijstering hebben doorgemaakt, want ze dragen allebei een strooien gondeliershoed met een breed rood lint eromheen. Pas wanneer ze op de luchthaven van hun eigen land neergestreken zijn, zal blijken hoe groot de vergissing van deze aankoop is geweest. Die hoed hadden ze niet moeten kopen, maar de duivel ontwierp hem en de mens gehoorzaamt. Toeristische driften, die men niet in toom houdt. Er bestaat erger. Er komen nog twee dames bij hen zitten. Ze praten met het geluid van loopse katten in zomernachten, het zijn blijkbaar allemaal Amerikanen. Het gevaar is groot dat ze thuis, bij het afdraaien van hun films, niet zullen begrijpen hoe het toch komt dat de scheve toren van Pisa niet op het San Marcoplein staat. Die stond daar toch.

Eén minuut voor het uur vallen alle geluiden op het San Marcoplein stil. Zelfs het strijkje bij Florian en dat van de concurrentie aan de overkant, bij Quadri, houden daar rekening mee. Wanneer de bronzen mannen op de klokkentoren hun arm uitstrekken, hoor je uit vierduizend fototoestellen tegelijk 'klik' en pas dan vallen de slagen. Zware, volle slagen van klokken die nu niet meer gemaakt worden.

In de negentig meter hoge toren ertegenover – wie springt er vandaag naar beneden om zelfmoord te plegen? – blijven de klokken onverroerbaar. Vorige nacht waren ze verschrikkelijk. Om middernacht. Eindeloos lang werd de dag van de nacht losgeslagen. De zomernacht over het San Marcoplein, geen hemel, maar een donkerblauw fluwelen doek dat achter de gebouwen wordt gespannen, met sterren die vooraf werden uitgeknipt en waarachter iemand met een zaklantaarn zit. De klokken gaan tekeer alsof ze het Laatste Oordeel uitspreken over wie hier beneden staan.

Om middernacht leggen de muzikanten bij Florian en Quadri de instrumenten neer. Music for the millions. En ook La Mer van Charles Trenet.

De stad slaapt, alles gaat goed. Het is niet echt, het is een decor voor een stuk dat in de zeventiende eeuw speelt. Je hoort je eigen voetstappen in de straatjes. En om de hoek roept iemand 'Ahoi'. Een gondelier, die zich wil vergewissen of er geen tegenligger is. Een zwarte gondelier komt langsvaren. Het glimmende zwart van lijkwagens, maar dat is niet zo, binnenin zitten twee geliefden, die niets tegen elkaar zeggen. 'Ahoi!' Er is geen tegenligger, je hoort de slag van zijn roeispaan in het water. Een idylle die voorbijvaart en waarvan je niet weet wat er volgend jaar van rest. Tegen de gevels slaat het geluid van het water uit elkaar, zwart water tussen gevels die hoog opstijgen met balkons vol bloemen en onderbroeken die iemand te drogen heeft gehangen, want romantiek alleen komt niet voor. Er kabbelt 's nachts geen water tegen de gevels van Venetië indien morgenvroeg de onderbroeken niet droog zijn. Een gondelier wil zekerheid.

Wie zijn die mannen in dat donkere straatje? Acht enorme zwarten in donkergrijze, gestreepte pakken en met elk een walkie-talkie in de hand. Je ziet hen staan in het rosse licht van Restaurant La Caravella. Is dit de onderwereld, of heeft Venetië er geen? Acht kolossale negers, die behoedzaam om zich heen kijken. Venetië is van alleman, ik ga dus in hun richting en nu gaat plots de deur van het restaurant open. Wie is die man? Ik weet zeker dat ik hem ken. President Mobutu. Hij verdwijnt snel met de acht in een straatje zonder verlichting.

Ik volg hen. De achteringang van Hotel Europa. Het houten poortje wordt gesloten. Er is niets gebeurd. Alles is doodstil. De maan staat boven Venetië. De stad zal wel niet echt zijn, enkel een heel duur decor.

Terwijl ik me uitkleed in mijn hotelkamer, krijg ik een heel frivole gedachte. Nu doet Mobutu in Hotel Europa hetzelfde als ik hier. Black and white tegelijk in Venetië.

BORROMEO

Ik ben mijn grootmoeder nog eens gaan bezoeken op haar kasteel. Ze leidt een volkomen teruggetrokken leven op een van de Borromese eilanden. Vanuit de zaal waar ze vertoeft, heeft ze een onovertroffen uitzicht op het blauwe water, dat altijd toch een beetje in de mist of in de nevel hangt.

Door het hoge, smalle raam zie je het Isola dei Pescatori liggen en er vaart altijd wel een wit schip voorbij, waarop wanhopige toeristen zitten, die geen enkele poging meer ondernemen om te wuiven. Het is daarvoor veel te warm en de boten zetten ook nog koers naar de Italiaanse oever waar de druktemakers wonen, die het allemaal veel warmer doen lijken dan het al is.

Binnen in de kamer van mijn grootmoeder zijn armdikke roze touwen gespannen, zodat de voorbijschuivende stroom toeristen niet tot bij haar meubels kan. Ook naar het bed waarin ze destijds sliep, kan men alleen maar kijken. Aanraken niet. Naar het schijnt, zou in dat bed ooit zelfs Napoleon overnacht hebben. Is er in heel Europa nog wel één kasteel waarin hij dat níet gedaan zou hebben?

Het ledikant, want dat is een beter woord, van mijn grootmoeder is een enorm hemelbed van grijs geworden roze satijn. Voor haar vensters bloeiden witte en roze bougainvillea en er dreef onveranderlijk een zware geur van oleanders.

Op de trappen die naar het meer – uiteraard naar het blauwe meer – afdaalden, zaten grote, witte pauwen met de staarten opengespreid. Soms riepen die verschrikkelijk rauwe kreten naar elkaar en dan kon je er donder op zeggen dat het straks zou gaan onweren.

De Italianen hebben er een uitleg voor waarom het boven hun meren zo vaak bliksemt en onweert, maar ik denk dat dit zowat het enige is waarmee je Italianen tot enige kalmte kunt manen: het op tijd en stond eens goed op hen laten regenen. En dat is tegelijk ook goed voor de palmbomen, die zich daarna weer feller oprichten. En de camelia's en de hydrangea's en de rozen en de hibiscussen vullen dan meteen weer de avonden veel feller en veel intenser dan tevoren.

Mijn grootmoeder, die dus op de Borromese eilanden een tweede, verborgen leven geleid moet hebben, werd daar geboren in 1839 en ze overleed er in 1928. Vraag me niet om uitleg, want die kan ik niet geven, maar ze is bij ons in 1944 nog eens opnieuw gestorven en toen woonde ze in Hasselt, doodgewoon op de Maastrichtersteenweg nr. 55. Meer dan dertig jaar geleden, toen ik voor het eerst op het eiland kwam, schrok ik me wild toen ik in een gouden lijst met krullen het portret van mijn grootmoeder zag hangen. Met een koperen plaatje, waar haar naam op stond. Contessa Elisabetta Borromeo – 1839-1928. Terwijl ze thuis al die tijd, met enig verschil van jaartallen, 'bomma' had gespeeld. Een schoolvoorbeeld van toevallig ontdekte reïncarnatie, waarvan het tijdschema helaas niet klopte.

Het eiland was dus ooit, bij wijze van spreken, een klein beetje van mij geweest en daardoor kwam het vermoedelijk dat de toeristen me ineens begonnen te hinderen. Ik had plots zin om de boel voor het publiek af te sluiten en tegen een van mijn talloze tuinmannen te zeggen: 'Zet me dáár eens een zetel neer, onder díe cipres!' En ik zou daar languit in zijn gaan liggen, niets anders doende dan kijken naar het Isola dei Pescatori en naar de boten – de grote en de kleine – die af en aan voeren volgens een ondoorgrondelijk Italiaans schema, met achter het roer rechtopstaande kapiteins, die blauw-witte petten droegen en die nooit toeterden en nooit de scheepshoorn bliezen uit respect voor het blauwe meer, dat hier van adel was.

Elisabetta Borromeo. We hadden het al bij al nog niet zo kwaad gedaan op dat eiland van ons. Kunsten en wetenschappen hebben we er tot grote bloei gebracht, eminente architecten hebben we aan het werk gezet en hier en daar wat luxueus meubilair van andere eilanden laten overkomen. Onrechtmatig, zeiden ze achteraf, maar ja, achteraf is gemakkelijk. We hadden zelfs een kardinaal in de familie en ga tegen zo'n man maar eens iets doen!

Aan de overkant ligt Stresa en daar woont nu een Italiaan die soms met een harmonica komt overvaren. Hij speelt dan heel weemoedig, alsof hij van Mol of van Geel is, *In de stille Kempen op de purpren hei...* Waar hij dat vandaan heeft, mag Joost weten. Misschien heeft Preud'homme daar ooit op een blauwe maandag tussen de witte pauwen gezeten en er opzettelijk zijn partituur achtergelaten. *Dat is hier op aarde de hemel voor mij.*

Het is nu de vierde keer dat ik ons grootmoeder ben gaan bezoeken. Misschien was dit wel de laatste keer, een mens weet dat niet.

Contessa Elisabetta Borromeo. Mijn pied-à-terre wanneer ik naar Italië ga. Wie weet, wanneer mijn kleinzoon ooit op reis gaat, waar ik dan hang, in welk kasteel en met welke titel op een koperen plaatje gegraveerd. Misschien schrijft hij daar dan ook wel over. Dat zou een mooie, bemoedigende gedachte zijn.

ISOLA DEI PESCATORI

Ze hadden grootmoeder een pet opgezet, een blauw-witte zeemanspet met gouden biezen, alsof ze levenslang de wereldzeeën had afgevaren. En daar zat ze nu mee, terwijl ze enkel vanochtend voor het eerst in haar leven het vasteland had verlaten om naar het eiland over te steken. Oma, die argeloos was meegegaan met de groep. Ze hadden haar gezegd dat het in de bus veel koeler was dan je dacht. Ja, ja, oma had zich kapotgepuft in die bus. Ze hadden Domodossola aangedaan en Stresa en daar was het al begonnen. Met die Italiaanse hitte te veel gedronken en voor je het weet, heb je het zitten en niemand wist nog wie dat precies voor het eerst had geroepen om allemaal zo'n pet te kopen, zo'n zeemanspet. Per tien kreeg je er één gratis en ze waren met zijn twaalven en de gratis pet hadden ze dan maar aan oma gegeven. En die was er nog blij mee ook, want de zon, die ellendige Italiaanse zon, die brandde op haar grijze haar, zodat zo'n pet aanvankelijk een gevoel van koelte gaf. Pas achteraf werd je gewaar dat het zweet onder je pet uit tot achter je oren liep. Oma had een kop gekregen alsof ze hoge bloeddruk had en omdat ze niet verder met de groep mee wilde, was ze op een muurtje gaan zitten. De groep moest daar straks toch weer langskomen, want van dat eiland konden ze niet af zonder dat je het merkte, dat was het voordeel van zo'n eiland, zeker van zo'n kleintje, je kon elkaar niet kwijtraken.

En zo zat grootmoeder nu op een koele rotssteen, prachtig onder een boog van allemaal roze bougainvillea, met een zeemanspet op. Ze was allang vergeten dat ze die pet droeg, het was overal zo warm dat je daar zelfs niet eens meer aan dacht. En het was ook goed dat ze zichzelf niet in een spiegel kon zien, want zelfs op haar leeftijd zou dit voldoende zijn geweest om prompt van die rots af te springen, recht het water in. Dat was weliswaar het water van het Lago Maggiore, maar als je niet kunt zwemmen, heb je daar weinig aan.

Oma had, zoals ze daar nu zat, rustig met de voeten in het koele water van het meer kunnen spelen, maar op een zekere leeftijd doe je dat soort dingen niet meer, ter wille van de spataders. Overigens droeg oma dikke, grijze wollen kousen en in haar linkerbeen had ze een zenuwtrek, waardoor haar voet af en toe naar voren veerde. Die wees dan in de richting van het Isola Bella, dat een eind verder met krijtwitte, zonbeschenen gebouwen in het water lag. Het zweet liep in dikke druppels onder haar pet vandaan, ze zat zichtbaar te lijden en het leek wel of ze van de marine formeel verbod had gekregen om de uniformpet af te zetten.

Allicht was dat niet zo, het mens had gewoon de kracht niet meer om tegen de natuur in te grijpen. Ze leed en onderging, zonder nog enige weerstand te bieden. Het was de laatste keer van haar leven dat ze zich nog zou laten overhalen om met een groep mee te gaan. Misschien met de gepensioneerden nog, ja, dat nog wel, maar niet meer met die bandieten van de familie. Foei, foei, foei.

Een eind verderop, in een van de straatjes van het eiland, hoorde je de groep zingen. Of ze wel met zijn zestigen waren. Een Duits drinklied, dat in feite in Rüdesheim thuishoorde maar dat hier nu voor de gelegenheid onder de Italiaanse bougainvillea werd uitgeprobeerd, op dit argeloze eiland in het zuiden.

Al gelukkig dat het geen Vlamingen waren, want voor hetzelfde geld had het hele eiland kunnen vernemen dat we wilden weten dat we toffe jongens waren. We exporteren nu eenmaal ook dingen die we beter thuis zouden houden, voor eigen privéverbruik aan het Zilvermeer in Mol, of zo.

Twee verliefde jongeren ontkoppelden even en hij vroeg of zijn vriendin met oma op de foto mocht, hij vond dat zo'n mooi beeld. Oma deed niet de minste moeite om het af te weren. Ze glimlachte ook niet toen de foto genomen werd, ze keek wild van de hitte recht in de lens. Vermoedelijk heeft er na Pearl Harbour nooit meer zoveel samengebalde weerloze paniek onder een zeemanspet uit gekeken.

Toen ik met het witte schip weer van het eiland wegvoer, zat oma nog steeds op de rots onder de bougainvillea. Je hoorde de groep niet meer. Vermoedelijk zaten ze nu ergens binnen in een ristorante om bij te tanken. Straks kwamen ze wel weer opdagen en dan namen ze oma mee. Terug het schip op, nog drie dagen volpension in het hotel, nog één busrit, nog één keer in een Boeing 737 van Milaan naar Frankfurt en dan terug naar Sauerland. In het dorp met de Metzgerei en de twee Gasthäuser en de Sankt-Antoniuskirche, bij de familie die thuisgebleven was.

'En heeft oma ook zo'n pet op gehad?'

'Ja, natuurlijk!'

Isola dei Pescatori. Met de mantel der vergetelheid.

DETROIT

Toen Charlie naar Detroit kwam, was hij nog een kind. Zijn vader zei na een week al tegen hem: 'Hier heb je mijn fiets, draag die bloemen naar de familie Harrisson. Ze wonen in de Lake Street-West op nummer 846, en blijf niet hangen!' Ook in het Detroit van toen was Lake Street al een hele ruk.

Een van de achttien orgels in de salons van het Funeral Home van Charlie Verheyden op Mack Avenue in Detroit speelt romantische muziek wanneer we zijn instelling betreden. Het gebouw lijkt wel het Witte Huis, doch grootser ontworpen, want Charlie heeft ruimte nodig. We lopen in de richting vanwaar de muziek komt. Het is een zaal waar wel tweehonderd mensen binnen kunnen. Het gordijn is nog dicht, de voorstelling moet nog beginnen. De familie en de vrienden zijn er nog niet allemaal. Sommigen kijken naar ons, ze vragen zich af wie we wel mogen zijn en waar de dode ons zou hebben gekend. Er hangt een bijna opgewekte stemming, met veel rood fluweel aan de wanden en op de vloer, en de muziek maakt het allemaal zeer feestelijk.

Zo zien ze er ook uit, de Amerikanen die naar deze begrafenis bij Charlie's Funeral Home zijn gekomen. Zwart valt er niet te bespeuren en er wordt druk onder elkaar van gedachten gewisseld over dingen die mij ontgaan, doch het zijn zeker geen verdrietige dingen.

De man die ons door het Funeral Home begeleidt, de eerstaanwezende lijkmeester met het hoogste aantal dienstjaren, zegt dat er nu gelijktijdig acht begrafenissen in het gebouw doorgaan. Je hoort de anderen niet, die zitten in andere zalen, met andere feestdecors en met andere orgels die feestelijke muziek spelen.

'We kunnen tot achttien begrafenissen tegelijk,' zegt de eerstaanwezende lijkmeester. 'Maar dan is het wel iets drukker dan vandaag.'

Ik vraag me af waar Charlie in dit gebouw is. 'Hij is hier en hij wil u straks zien.' Waar troont Charlie over de doden? Charlie is 94 en nog altijd vrijgezel. Zijn leven lang was hij enkel op paarden verliefd, op renpaarden met luxueuze namen, die over geheel de wereld eerste prijzen liepen.

De man wiens begrafenis we bijwonen, hield van een sobere moderne stijl. Zo is dan ook het interieur gekozen waarin Charlie hem voor deze laatste dagen heeft ondergebracht. Wie zich beter thuis voelt in een Louis Quinzesalon kan ook dat hebben. Of empire. Of renaissance. Of misschien is het toch intiemer in je eigen decor. Dat biedt geen probleem. De verhuisdiensten van Charlie's Funeral Home halen dan de meubeltjes wel op en ze brengen die later dan ook weer terug. Zo zit je dan knus in je eigen interieur je familie op te wachten en je vrienden die je nog willen komen groeten.

De levenden die hier weer buitengaan, krijgen een zwarte kogelpen met zilveren rouwletters: Charles Verheyden – Funeral Director – Mack Avenue 16300 – Detroit – Michigan.

'Wilt u misschien ook de kelders zien? Met de laboratoria en de installaties?'

Een van ons bedankt ervoor, doch we dalen de trappen af naar de kelderverdiepingen. Zoals dat in goede thrillerfilms past, komen we voorbij de zalen waar de kisten staan uitgestald. Met veel feestelijk licht, zoals het Autosalon in Brussel op de Heizel. En met veel doorschijnend plastic, met dubbele deksels, schuifdeksels. Kisten in goudmetaal of in gepolijst brons. 35.000 dollar. Ik reken het uit op een papiertje en ik duizel. Renpaarden moeten dure dieren zijn.

'Hier komen we in het laboratorium.'

De deuren vallen dicht en hier staan we dan. Je moet vier jaar universiteit achter de rug hebben om dit vak te mogen uitoefenen. Geneesheren lijken het, in witte jassen en met gele rubberen handschoenen.

'Where do you come from?' – 'From Europe? Oh! From Belgium! Oh yes! Belgium! Brussels! Antwerp! Bruges!' Ik kijk naar de mannen en de vrouwen met wie men bezig is. Hitchcock.

De zalen ernaast zijn beautysalons met alles erop en eraan. Er zit een dame, vooraan zestig, blozend en feestelijk. Een pront, opgewekt mens. Alleen haar ogen bewegen niet meer. Ze wordt morgenmiddag begraven, doch voor de rest ziet ze er gezonder uit dan wij.

'Hello, hello, hello! How are you!'

Charlie zit op de bovenverdieping van het Funeral Home. Daar heeft hij zijn appartement en zijn natje en zijn droogje. Een bediende in witte schort heeft hem zopas zijn lunch geserveerd. Charlie zit in een grote rustzetel met een Schots geruite deken over zijn knieën en op tafel liggen luxueus uitgegeven boeken over renpaarden.

'Wel, wel, wel, en hoe is het in Belgium?'

Hij ziet er ongelooflijk kras uit voor zijn 94. Er zijn wel vier bedienden die het tegelijk mijnheer Charlie gemakkelijk willen maken. Hij zit rechtop. Hij heeft iets hallucinants over zich. Iets van triomf ook. Iets van overwinning op alles wat beneden hem gebeurt, op wie daar bezig zijn en nog bewegen en op de anderen die roerloos zitten. Hijzelf is onsterfelijk.

Wat moet dit 's nachts hier zijn? Als de bedienden naar huis zijn gegaan en de lichten gedoofd worden. Als enkel de schaarse avondlichten nog branden. Als ik wegrijd van het gebouw, de lange laan uit, fluiten er vogels in de bomen. Er is al veel groen, de zomer begint in Detroit.

Ik griezel een beetje van de zwarte kogelpen met de zilveren letters. Ik probeer ze. Ook de inkt is zwart. Natuurlijk. Je moet zin hebben voor het detail.

AMERIKA

De deur van de Boeing wordt achter je gesloten. Je zit in de middenrij, zodat je dit keer zelfs niet eens de grond onder je ziet wegglijden. Je vertrouwt dus maar op je gevoel. Voor de zoveelste keer de sensatie van 'Ja, we zijn los van de grond.'

Er liggen acht en een half uur vliegen voor de boeg. Een machine die haar weg zoekt van het ene continent naar het andere. Over een oceaan heen, feilloos naar dat andere stuk tarmac. Het enige juiste stuk.

Begrijpe wie kan: niet meer dan een smalle strook beton aan de overkant van de planeet, waar mijn dochter en mijn kleindochter wonen. Ik zal het tot mijn laatste dag een wonder blijven noemen. Het genie dat dit bedacht en bereikt heeft. En de man die achter de driehonderd knopjes zit, waarvan ik er geen enkel doorgrond.

Vanochtend zat ik nog aan mijn werktafel van elke dag. Ik keek uit op de populier en op de berkenboom. Ik zag hoe de twee schildpadden elkaar op het gazon, in de regen, liefhadden.

Als je wil, kan ik een lezing van anderhalf uur komen houden over hoe schildpadden het doen. Ik weet er alles van. Ik bestudeer het al vijfendertig jaar. Zonder ongezonde nieuwsgierigheid. Zomaar. Eerder toevallig, omdat mijn kinderen toen ze klein waren ooit schildpadden in de tuin hielden. De kinderen zijn weg, de schildpadden zijn gebleven. En ze paren nog steeds vruchteloos, al vijfendertig jaar.

Is dit nu een gedachte om mee de oceaan over te nemen?

Het is avond en het liefdesgazon ligt zevenduizend kilometer achter me.

Waar de populier stond, staat de skyline van Chicago. Met een miljard lichtjes, waarachter mensen hun eigen gedachten hebben. En waar de padden zaten, glijden een miljoen autolichtjes in volmaakte vierkanten door elkaar.

Een helikopter hangt als een lichtspin tussen Sears en het Marriot Hotel en ergens op een wolkenkrabber gaat een rood lichtje aan en uit, aan en uit. Voor wie of voor wat, ik weet het niet.

Vanochtend, thuis, hoorde ik in de tuin de lijster fluiten. En de roodkuifkardinaal in de volière. Wie kan er zeggen dat hij een kardinaal in zijn tuin heeft?

Door de vensters heen komt hier vanavond geen enkel geluid. Je ziet de bewegende lichtjes, maar je hoort niets. Ja, het vage geruis van de televisie, die wel aanstaat, maar waar je niet naar kijkt. De naar de achtergrond verdrongen sprekende schemerlamp. Wat doen op het scherm die beefburgers met vier schijven tomaat tussen Gorbatsjov en de moorden in Milwaukee? Ik zal het wel nooit begrijpen.

Mijn kleindochter woont in dit land en ze staat op de luchthaven met een grote, zilveren ballon in de hand: *Welcome.* En op haar sokjes staat *I love my Grandpa* geborduurd.

Zouden ze misschien linkersokken kunnen bedenken met *I love my Grandpa* en rechtersokken met *I love my Grandma*? Er is nog geen Amerikaan op dat idee gekomen. Ik geef de tip gratis weg. Een ander zal er wel weer rijk mee worden.

Ze kijkt naar haar oma en opa, die vreemde mensen zijn. Was het nu nog Barbara, Black Barbara, die over de tweehonderd tachtig pond weegt en waarvan mijn kleindochter alle vormen en welvingen kent. Een zwarte vervang-oma met donkere, volumineuze charmes. Tweehonderd tachtig pond hartelijkheid en zwarte gezelligheid. Maar wie zijn deze twee? Ach, het duurt maar even. Een onderzoekende blik, een vage glimlach en dan breekt het ijs.

Nou, het ijs! Het is vierendertig graden in Chicago en het heeft in geen twee maanden nog geregend. Voor opa's die nog met de naweeën van een bronchitis sukkelen, is dit de ideale ozonlaag om naar lucht te happen.

Opa begint aan het repertoire dat in Europa al driemaal zijn deugdelijkheid heeft bewezen: 'Wat doet de kip? Kot, kot, kot! Wat doet de haan? Kukeleku!' Literair minimale teksten, maar bij kleuters en baby's verwerf je er stuk voor stuk Nobelprijzen mee. 'Wat doet de koe? Beuh!'

Tot je je als opa bij het zevende dier – de geit en de hond en het schaap en de poes en de muis en de koe – ineens realiseert dat dit kind hier in Chicago misschien de eerste dertig jaar geen kans krijgt om te weten waarover het gaat.

Wie ziet er ooit in Chicago een koe? Of een geit?

Tot ik mijn dochter voor haar kind hoor zingen:

'Ik heb mijn wagen volgeladen, vol met oude wijven.'

Het blijkt een groot nummer te zijn, een kassucces. Vooral om alle bewegingen die daarbij aan de beurt komen.

Zodra mijn kleindochter nog eens overkomt, zal ik met haar naar Kermt rijden of naar Kuringen. Of desnoods naar Godsheide, waar ik met een beetje geluk nog een koe kan aantreffen. En al moet ik er helemaal voor naar de Westhoek, ik zal net zolang zoeken tot ik een schaap vind en een geit. En een konijn. Ik wil dat mijn kleinkinderen weten waarover ik het met hen heb.

Dat ze niet in mij de idioot zien van 'Die man zegt zomaar wat, die heeft het voortdurend over wereldvreemde dingen, waar hij blijkbaar in zijn verbeelding mee bezig is.'

THE BAPTISM

Bloedheet is het op het pleintje voor de kerk van Peru.

Honderd vijftig kilometer verderop, in Chicago, stond er nog een behoorlijke wind tussen de wolkenkrabbers. Het Michiganmeer en de Ilinois River straalden ook nog wat koelte uit, maar hier in Peru staat alles al jaren roerloos. De kerk, het plein, de esdoornbomen. Zelfs de wolken gaan nergens heen.

Wanneer je vraagt hoe warm het hier wel is, dan lijkt het nog erger, want je krijgt het antwoord in Fahrenheit.

Het is een eind boven de veertig graden, maar mijn kleindochter schijnt er niet onder te lijden. Ze is duidelijk van hier en dat zal wel nooit meer omkeerbaar zijn.

Ze draagt witte gelakte schoentjes en sokjes met kantwerk, zoals dat hier hoort. En een bloemenkransje om het hoofd zoals ik die vroeger zag, in mijn kindertijd, wanneer we in het dorp van onze roots als mensen van de stad gingen kijken hoe prachtig Timmermansiaans daar de Pinksterprocessie nog uitging.

Grote-Spouwen in de jaren dertig. Peru in 1991.

Father Placid heeft zijn kerkje helemaal vernieuwd gekregen. Je ademt God en alle heiligen in wanneer je de ruimte betreedt. Het is onwaarschijnlijk vooroorlogs mooi, met veel blauw en beige en goud en gebroken roze. Van het plafond waaien een dozijn witte helikopterschroeven de gelovigen koelte toe.

De meter is helemaal uit South Carolina gekomen. Dat is met de wagen zestien uur rijden van Peru.

De peter komt van nog veel verder. Die is de oceaan komen overvliegen. Voor dat mormeltje van vier en een halve maand met witte gelakte schoentjes.

Indien de meter South Carolina vertegenwoordigt, dan moet dat daar een stevig, gezond volk zijn. Ze hebben me een prachtige brok van een meter toebedeeld.

Ik denk dat ik maar eens naar ginder moet overvliegen – om de foto's te brengen of zo – en op dat voorstel zegt ze gretig ja. Ze heeft een dochter van vijftien en die is op haar beurt een beloftevolle Amerikaanse bloem.

Father Placid komt zelf ook uit Vlaanderen, al kent hij geen gebenedijd woord Nederlands meer. Hij was vijf toen hij met zijn moeder, die weduwe was, uit Vlaanderen naar hier kwam. Zijn familienaam is Bojsie, hetgeen alleen maar vraagtekens oproept. Het klinkt eerder Russisch dan Vlaams. Tot hij later, aan tafel, zijn naam op een papieren servet zal schrijven. Bojsie blijkt dan Buysse te zijn en hij komt uit 'Maldehem'.

'Uit Maldegem,' corrigeer ik hem.

Maar hij houdt vol dat het wel degelijk 'Maldehem' moet zijn. Met een h. Verleden jaar heeft hij nog bezoek gehad van iemand uit Kortrijk en die heeft hem toen bevestigd dat het Maldehem moet zijn. Een West-Vlaming die aan export doet, kun je niet tegenhouden.

Black Barbara, de kinderoppas, heeft een crèmekleurig togakleed aangetrokken en ze kan nu zonder meer in om het even welke film de gospelsongs zingen. Een zwaardere versie van Mahalia Jackson.

De ouders van haar grootouders zijn destijds als slaven uit Zambia aangevoerd. Vermoedelijk via het eiland Goree. Met de schaarse middelen waarover ze beschikt, is ze driftig op zoek naar haar verre roots. Een speld in de zwarte hooiberg.

De baby is duidelijk voor een belangrijk deel van háár.

Na het doopsel rijden de wagens eerst nog door een dreef van esdoornbomen naar een desolaat stuk land. Het blijkt een drive-inkerkhof te zijn, waar de Grandma rust die twee jaar geleden nog bij de bruiloft aanwezig was. Het graf is een ruwe brok steen met enkel de jaartallen.

De Amerikaanse Grandpa staat er zelf ook bij en kijkt naar het jaartal dat er voor hem ook al maar vast werd geplaatst.

Enkel het tweede moet nog worden ingevuld. Hij kijkt ernaar zonder verpinken.

Een merkwaardig kerkhof is het, want zonder enige afsluiting staan vijftig meter verderop de schommels en klimrekken en draaimolentjes van een speeltuin. Er is echter geen kind te bekennen in de middaghitte.

De feestlunch zal plaatshebben in het enige restaurant dat Peru rijk is. Het heet The Maples. Hoe kan het anders.

De meter vertrekt als eerste. Het is weer zestien uur terugrijden naar South Carolina.

'We zullen elkaar weerzien,' zegt ze. 'Bij de volgende baby misschien.'

Ach, men zegt zoveel.

Alleman wuift.

Ik word wel eens vaker ineens verdrietig op een feest.

FURNACE CREEK RANCH

Er is één teken van leven. In de schaduwvlek van een kreupele palmboom zit een onwezenlijk grote, glanzende blauwe vogel met wijd open bek naar lucht te happen. Lucht die hier bijna vloeibaar is en die dodelijk moet zijn voor de vogel die niet naar binnen kan.

De thermometer onder het houten afdakje wijst 127 graden Fahrenheit. Dat is 52 graden Celcius. Om kwart over zeven in de avond.

Een soort verbrande man heeft mijn reiskoffer aangenomen en draagt die waarachtig het houten gebouw binnen waar gloeiend lood de ruimte schijnt te vullen.

De vreugde om een gebouw waarin men schuilen kan, een plek die je van op verre afstand ziet. Een gebouw met palmbomen eromheen, zoals een fata morgana.

De vreugde is van korte duur. Er zijn geen waterpartijen zoals in de oases van de Sahara, er is niet één fontein. Ook hier is de hitte dag en nacht bezig verfomfaaide palmbomen te wurgen en dat lukt haar aardig.

Er is een houten Information Center en daarachter liggen her en der stenen paviljoenen voor wie hier komt schuilen. Furnace Creek Ranch, na driehonderd kilometer vervloekte steenwoestijn.

Een verschrikkelijk monster moet miljoenen jaren geleden in woede ontstoken zijn en heeft in een niet te peilen drift honderden kilometers rotspartijen door elkaar gegooid. De Dag des Oordeels zal nooit zo heftig kunnen zijn als dit. 'De dode Vallei' is wat er overblijft, als een verrassing na de besneeuwde Sierra Nevada.

Je mag onderweg geen schrik hebben, want de zwarte driver kent zijn vak. Het autobusje waaraan we ons hebben toevertrouwd, blijkt zelfs een stuk Vlaamse techniek te zijn. God en

Van Hool zijn overal en op alle plaatsen op deze aarde aanwezig. Zelfs in Death Valley.

Wee de mens die hier geen dekking heeft gezocht. Hij maakt geen schijn van kans, hij crepeert tussen de stenen, waar zelfs geen enkel dier is achtergebleven. De adders ja, die wel. Als ze je bijten, moet je blijven liggen. Vooral niet bewegen. En dan om hulp roepen. Je roept nog lang, want er is geen mens om je geroep te horen. Driehonderd kilometers landschap zonder één vogel!

Hier uitstappen en de rotsen beklimmen moet zelfmoord zijn. En toch staat er, heel ver in dit decor van volstrekte woestenij, iets dat op een huis lijkt. Een dak en twee vensters en een deur. Welke krankzinnige is dáár terechtgekomen?

'Willen we hier even uitstappen?' vraagt iemand. 'Heel even maar.'

De hitte slaat bijna zo hard als een hamer. Krankzinnigen nemen foto's van elkaar in deze prachtige vernietiging.

Geen mens kan deze hitte schatten.

En toch zijn hier honderd jaar geleden mannen met muildieren doorheen getrokken om zilver te zoeken. Soms schitterden hele rotsblokken van het zilver. Maar die rotsen lagen altijd hoger en verder dan het aanvankelijk leek en verder ook dan de kracht van de muildieren reikte. Die crepeerden van de dorst. En daarna crepeerden de zilverzoekers. Ze gingen letterlijk 'onfortuinlijk' dood.

Ik denk dat wij gestraft worden voor het naar buiten gaan. Dit is de dode vallei en hier hoort geen leven. De zwarte driver zegt dat zijn airconditioning het heeft begeven, zodat de hel nu ook binnen in het voertuig brandt. Maar er is geen keuze, de luchtkoeling kan, maar dan vallen we vijf mijl verder gewaarborgd stil.

Met het dak open is het te harden. De Furnace Creek Ranch ligt op nog vijftig mijl.

Vrouwen zeggen tegen hun mannen:

'Dit doe ik geen tweede keer meer. Nooit meer.'

Men kan het dus toch in het huwelijk volstrekt eens zijn.

Een uur later zijn we in Furnace Creek. De airconditioning in de kamer blaast als waanzinnig en om zeker niet te kort te schieten, draait er tegen de zoldering nog een enorme wentelwiek.

Het lijkt of we zullen opstijgen, maar ik blijf onbeweeglijk op het bed liggen met maar één bekommernis: koele lucht inademen, niets anders. Een hallucinatie na een dag Death Valley. Welke ondoorgrondelijke woesteling kwam op het idee om zoiets op de aardbol achter te laten? Wie liet deze stenen holocaust als bewijs van zijn woede achter zich?

Miljoenen stenen, uren en uren om ons heen, met niets anders dan dodelijk giftige adders in de spleten. Adders die teleurgesteld liggen te wachten op morgen.

MICHIGAN AVENUE

Het sneeuwde zachtjes in Chicago, maar de Chinese taxi-driver zei dat het heel mooi weer was. Vorige week had in de windy city plots de vrieskou toegeslagen en daarvan zag en hoorde je nu nog de ijsschotsen tegen elkaar klotsen in het meer en in de rivier.

Hij zwenkte af uit Burtonstreet, de donkere straat met de Londense spookhuizen, en hij reed Michigan Avenue op, waar onmiddellijk weer Amerika breeduit voor je lag.

Als het niet hoog en breed en lang en groot is, dan is er voor hen ook geen aardigheid aan.

De enorme limousines zijn er nog altijd en ik bedenk met enige spijt dat het allemaal anders had kunnen verlopen. Voor hetzelfde geld had het lot me toch evengoed in Texas of in Pennsylvania geboren kunnen laten worden en dan gleed ik nu met heel veel chroom om me heen over de highway. Het lot viel dus anders, zodat mijn territorium zich nu maar uitspreidt tussen Godsheide en Bekkevoort in een degelijke Zweed zonder enig chroom en zonder ook maar één enkel glanzend knoppetje.

Wat je niet zelf hebt, blijft nog altijd leuk om op een ander te zien, vandaar dat Michigan Avenue in Chicago en Broadway in New York wel degelijk aan mij besteed zijn.

Jammer dat de Japanse autoconstructeurs ook hier al genadeloos en succesvol hebben toegeslagen. In de lounges van Sheraton en van The Four Seasons en van Marriot zitten ze bij trosjes in de luxueuze zetels ondoorgrondelijk te glimlachen, wachtend op de argeloze Amerikaan met wie ze over een kwartier een afspraak hebben om het volgende contract te tekenen.

De Chinees zet me af bij Bloomingdale zonder te beseffen dat hij me zo goed als bij de poort des hemels brengt. Ik geef hem een gloednieuw briefje van vijf dollar en ik krijg twee tot grijs fluweel vergane biljetten van één dollar van hem terug. Biljetten die al een keer of tien de ronde van de States gemaakt hebben en die Amerika onderhand kennen zoals de broekzak van een ander.

Bloomingdale binnenwandelen en meteen al de pianist horen die op de eerste verdieping aan zijn Steinway zit en Chopin langs de geruisloos glijdende roltrappen naar de acht verdiepingen voert. Bij Gucci naar binnen stappen en me daar door een exclusieve Aziatische winkeljuffrouw laten uitleggen welke zijden sjaal ik volgens haar voor mijn vrouw zou moeten kopen. De gadgetwinkel van Brookstone, waar in het zwart geklede verkopers, die aan beleefde maar niet aflatende mormonen doen denken, je de meest onwaarschijnlijke, in prachtig design gehulde nutteloze dingen aanprijzen. Kurkentrekkers die muziek van Johannes Brahms spelen terwijl je de fles opent. Je eerstvolgende party wordt een succes.

De Amerikanen moeten een zwak voor de muziek van Johannes Brahms hebben, want die wordt ook in alle bescheidenheid uitgevoerd op de chique toiletten van het Four Seasons Hotel. Menselijke behoeften worden hier tot een cultureel gebeuren verheven zonder dat je er zelfs erg in hoeft te hebben. Brahms wordt in Amerika niet naar de concertzaal verbannen, hij maakt deel uit van het leven.

Een verkoper in Brookstone toont me een elektrische stropdassenhouder. Ik moet hem evenwel teleurstellen, want die dingen vallen me al sedert een jaar of twee elke ochtend batterijgedreven in de hand.

Een stappenteller misschien? Eentje die vanzelf begint te fluiten zodra je het aantal stappen van de dag tevoren overtreft. Vader die teruggefloten wordt. Had ik zo'n ding jaren geleden gehad, dan had het nog zin kunnen hebben. Op mijn leeftijd weet je ook zonder zo'n ding exact hoe ver je mag gaan.

Wandelen door Bloomingdale en door Marshall Field en door Sax Fifth Avenue en door Marcus Neimann en je blijven afvragen waarom de Heer God Schepper van Hemel en van Aarde destijds twee maten en twee gewichten heeft gehanteerd, waardoor de zwarte winkelmeisjes zoveel meer gratie vertonen dan hun blanke collega's. In de schouders, in de heupen, in de enkels en op alle plaatsen.

Uitvoerig winkelen in Chicago op Michigan Avenue. Een halve dag uittrekken om naar Amerikaanse stropdassen te kijken waarop in veel kleuren geskied, gebaseballd en op de maan geland wordt. Dassen waarmee je in Europa geen drie straten ver kunt lopen zonder geïnterneerd te worden. En de verleiding onderdrukken om er toch zo eentje te kopen. Eén enkele, met de aangepaste bretels en de sokken waarmee je thuis meteen de helft van je vrienden verliest.

Ik neem de taxi terug naar North Clark Sandburg. Dit keer een Ghanese driver, die zijn vak al heeft uitgeoefend in Amsterdam en in Bremen en in Hannover en in Berlijn.

Hij vermoedt dat ik een Dutchman ben, hetgeen ik ten stelligste ontken. Maar ook Brussels is hem welbekend, zodat hij op mijn fooi dan ook gepast reageert met 'Danke schön und auf Wiedersehen!'

Ghana lacht met een groot, wit gebit en het sneeuwt zachtjes over Chicago. Het Lincolnpark ligt grijs en blauw en mocht het er stil zijn, dan zou je de ijsschotsen tegen elkaar horen knallen op het meer.

INTERCONTINENTAL HOTEL

Een veel te mooie vogel zit op een tak van een palmboom en fluit iets dat normaal niet kan. Eén tafeltje van me af zit een Afrikaanse juffrouw. Ze drinkt koffie uit een onwaarschijnlijk klein, zilveren kannetje. Alleen het zíen van het kannetje kost een dollar, de koffie zelf is duurder. Ze is waarschijnlijk 'een secretaresse'.

Elke avond voor je hier als blanke naar bed gaat, komt er uit een of andere geluidloze deur een neger te voorschijn, die vraagt of je als blanke businessman geen behoefte hebt aan 'een secretaresse'.

Beneden in de bar zitten ze op een rijtje op de krukjes te wachten. Hun heupen wiegen op de muziek van Melachrino en ze zien er niet naar uit of ze typen kunnen.

Deze juffrouw ook niet. Ze heeft wel op overtuigende wijze het universitaire diploma van vrouw en dat is heel wat in Afrika. Het dragen van bananen in een kist op het hoofd heeft ze aan haar zusters overgelaten en ze wacht hier nu tot er een Staatsprijs voor Literatuur komt opdagen.

De palmen zijn te lui om te bewegen. Een schip dat al twee dagen roerloos een eind op de oceaan ligt, wil langzaam afdrijven, maar iemand houdt het tegen omdat het zo'n mooi decor vormt met de tropische bomen aan de rand van het water.

Een brandgeur komt onder de palmbomen drijven. Beneden heeft een neger de barbecue weer aangewakkerd en rond het vuur komen vingergrote, gele insecten zweven.

In de blauwe swimmingpool stoeien drie glanzend zwarte Liberiaantjes die geluk hebben gehad. Hun broertjes liggen bij duizenden in het donkerrode zand te spelen voor de strooien hutten en wanneer je voorbijkomt, roepen hun stemmetjes in koor 'Hello!'

Het witte vrachtwagentje van de Liberian Family Planning rijdt af en aan door de straat, maar blijkbaar weet niemand waar het voor moet dienen. Je moet uitkijken of je struikelt over de zwarte baby's.

Het hotel ligt als een Amerikaans wonder boven op de heuvel, zodat heel Monrovia ernaar kan opkijken. De taxi's rijden enkel naar één adres. Intercontinental Hotel! Yes, sir!

Het blijft altijd opnieuw een spel om in het restaurant te raden wie de anderen zijn. Duitsers vermoedelijk, die hier de rubber komen weghalen of die straks, vanaf hun krukjes in de bar, de schepen vol erts naar Europa dirigeren.

De diamantsmokkelaar zit er ook weer. Hij eet siskebab aan spitse houten stokjes en gluurt daarbij voortdurend naar de deur waarlangs de andere kan binnenkomen. Met de steentjes.

De bemanning van de Boeing heeft de zwempakjes weer in de koffers zitten. Ze hebben hun laatste drink. De deuren staan open naar het terras.

De stewardess met de héél lieve glimlach en met het blonde haar in een dotje wuift.

'Schrijf je een stukje?' roept ze. 'Lukt het?'

Het lukt moeilijk.

'Je kunt je ticket nog laten veranderen en met ons meekomen!'

De boordcommandant draagt zijn uniform weer. Hij ziet er opnieuw indrukwekkend uit.

'Je hebt nog een kwartier om je te bedenken!'

De oceaan ligt volstrekt onbeweeglijk. Hij aait hoogstens de gele kust van Liberia. Een neger roeit in een uitgeholde boomstam voorbij. Het schijnt dat er krokodillen zijn, maar ze zijn zo vriendelijk de sfeer niet te storen.

Het is vijf uur en drukkend. Aan mijn tafeltje moet vóór mij een neger hebben gezeten. De geur hangt zoet in het tafelkleedje.

Het is gek, maar de zwaluwen vliegen laag. Bij honderden. Zwaluwen in januari. Ze doen hetzelfde als de Boeing. Heen en weer.

De lichtjes van het hotel schieten aan. Amerika op de heuvel.

De bemanning komt van de krukjes. Ze dragen bruine tassen. Morgenvroeg zijn ze thuis. Bel jij even naar mijn vrouw?

'Je blijft dus toch?'

Dadelijk zijn ze weg en dan is alles afgegrendeld. We zijn maandag en er is geen vliegtuig naar Europa meer vóór vrijdag.

Een ebbenhouten negerbeeld tegen de witte muur beweegt met de ogen. Do you like a tonic, sir? Or a coffee?

Wanneer het witte Sabena-autobusje de heuvel afrijdt, waait een roodbruine stofwolk omhoog. Er is niets meer aan te doen. Met geen middelen kom ik de eerste dagen nog uit Liberia weg.

Het wordt snel donker. Bij de cementen huizen worden de vuren aangestoken. Zwarte kinderen huilen in het donker.

De ivoorsnijder komt de heuvel op. De drie slagtanden van vanmorgen heeft hij klaar. What's your price, sir? Tien dollar. Hij lacht, witte tanden naar de maan. De blanke is gek. Dértig dollar en dat is een vriendenprijs.

Dadelijk horen we het geluid van de Boeing. Een stipje over de oceaan. Morgen gaan we naar het binnenland. Naar Totota. De wagen is gehuurd. Of hij er ook zal zijn, weet je niet, het is zo warm.

Here's your tonic, sir. Please, sir.

Kinine is goed, schijnt het.

PLANTAGE

'Good evening, sir. You're under arrest.'

We stappen uit het rood-witte busje dat de plantage is binnengereden en kijken verbaasd naar de neger in uniform. De zoete geur van koffievruchten vult de hete lucht. Onder een afdakje zijn zwarten bezig koffie in zakken te laden. Hun lichamen zijn onwaarschijnlijk zwart. Er is geen wind en de geur van zweet mengt zich met die van de koffie tot een vreemde, bijna bedwelmende lucht.

Boven op de heuvel staan wij en hectaren rondom staat de koffie te rijpen. Een paar kilometer verderop zijn we de plantage binnengereden, we hebben blijkbaar de wachtposten niet gezien en stoten nu op de negersoldaat die zegt: 'Good evening, sir. You're under arrest.'

Hij haalt het hangslot van de schuurpoort, verdwijnt in het donker en komt terug naar buiten met een automatisch geweer in de hand. Een Belgisch geweer uit Herstal, dat wel, doch daar heb je op dat moment in het Liberiaanse binnenland opvallend weinig troost aan.

'We zullen meteen terugkeren,' stellen we voor.

Hij vindt het een goede grap. Hij lacht zijn hele gebit bloot. Twee meter lang is hij wel. En hij draagt een bril, doch waarschijnlijk ziet hij beter zonder.

'Jullie blijven hier,' zegt hij. 'Net zolang tot ik weet langs welke weg jullie zijn binnengedrongen. Jullie zijn clandestien binnengeslopen en zolang ik niet weet langs waar blijven jullie hier. Onder arrest.'

De zon staat al laag over de plantage. Over drie kwartier is het donker en met dit busje doen we nog minstens twee uur door de brousse eer we weer in het hotel zijn.

'Ik wacht op de uitleg!' roept de negersoldaat.

De zwarten hebben de zakken koffie laten vallen en komen

nu dichterbij. Op het plein lopen wat donkere jongetjes, die zich hier al tien jaar vervelen. Ze horen dat de soldaat boos wordt en komen op een drafje naar ons toe. Met vier blanken staan we in de kring van donkere mannen. Ik kijk naar het geweer en naar de gevel van het schuurtje. Voortijdig in een koffieplantage eindigen vind ik ook maar niks.

'Hij is bekwaam om te schieten,' zeg ik.

Jullie moeten Engels praten!' roept hij.

Een jongetje komt naast me staan. De ontroerende leeftijd van de missiebusjes.

Een heel hoog stemmetje heeft hij.

'My first name is William. My family name is Dooza. I'm William Dooza. I'm eight years old.'

We hebben geen ambassadeur in Liberia en de consul is met vakantie. De zon is een vuurrode bol, heel laag boven de plantage. De enige band met thuis is het Sabena Office. Als we straks niet binnen zijn, zullen die morgen komen zoeken, maar dan groeit er misschien al koffie over ons heen.

Een jeep komt de helling op. Nog een soldaat, een kleine nu. Iets te klein om gezag te hebben, want de lange commandeert hem prompt terug de jeep in. Hij zal moeten uitzoeken waar de wachtposten zijn gebleven.

We mogen in de schaduw gaan zitten. Achter het schuurtje blijkt een strooien hut te staan, waar de familie onder een afdakje bij elkaar zit. Ze hebben zich duidelijk aan ons niet gestoord. Aan de soldaat ook niet. De moeder had trouwens wel andere dingen te doen, ze geeft de baby de borst en lacht trots naar ons. Er is alle reden toe. Als straks het salvo losbrandt, zal ze misschien overeind komen, maar dat is in Afrika niet zeker.

De ananasvruchten staan gloedrijp, klaar om af te snijden. Ze roosteren vis voor het avondeten. En nog iets, dat erg vreemd riekt. De huid is eraf, doch aan de pootjes kun je nog zien dat het een rat is. De staart ligt apart. Voor pappie waarschijnlijk.

'Ik vraag nog eens uitdrukkelijk dat jullie Engels zouden spreken!' roept de soldaat.

Met de kolf van het geweer bonst hij op het rode zand.

De zon is helemaal uit elkaar gevloeid wanneer de kleine met de jeep terug naar boven komt. Hij heeft een hoog oplopend Afrikaans verhaal, dat de ander bijzonder somber stemt.

Er wordt een tweede geweer uit het schuurtje gehaald.

De baby is moegedronken, maar zijn bruine handjes nog niet.

We worden terug in het busje gewezen. Afgrijselijk heet is het daarbinnen. Achter de jeep aan rijden we door de plantage. William Dooza wuift ons na. I'm eight years old. Het stof waait metershoog op, tot ver boven de bomen. Het dringt in je keel en je longen.

We hebben inderdaad de wachtpost gemist. Een lemen optrekje, dat we over het hoofd hebben gezien. Twee sergeanten zaten binnen bij de palmwijn en daar hebben ze nu duidelijk al veel te veel van gehad. Ze hebben het pistool los in de gordel hangen. Het is bijna donker geworden, alleen de gebitten zijn wit.

'Je mag nooit een wachtpost voorbijrijden!' zegt de dikste.

Hij wil een gebaar maken, doch dat valt hopeloos uit elkaar. Zijn vingers zijn dik en kleverig. De dollarbiljetten groezelig, bijna van fluweel.

'We are good friends now,' lacht hij.

Het begint ineens te regenen. Dikke, platte druppels, die tegen de voorruit uit elkaar spatten. Het giet onmiddellijk. Een ongelooflijke hoeveelheid water kletst naar beneden.

'Jullie zijn hier altijd welkom,' zegt de lange soldaat met het geweer. 'Altijd.'

Met zijn armen maakt hij een breed gebaar. Over de hele plantage. Tienduizend hectaren.

Het is nog twee uur rijden. Het dak blijkt niet waterdicht te zijn. Het busje geurt ineens naar aarde en naar vruchten en bomen. En de brandgeur van de rat, nog een beetje.

'My first name is William. My family name is Dooza. I'm William Dooza. I'm eight years old.'

'En hier is het monument van Albert I. Het is uiteraard na '60 niet meer opnieuw opgebouwd.'

Hij wees met het uitgebluste routineflegma waarmee men toeristische merkwaardigheden pleegt aan te duiden, zonder te beseffen dat bij mij de twee lege, bruinrode kolommen een huivering over de ruggengraat veroorzaakten.

'En dit is de Place Braconnier. Weet u wel? Die moet u toch stellig herkennen van op de televisiebeelden van '60 en '67. Hier hebben ze die allemaal... Weet u dat niet meer?'

'O ja. O ja. O, dat was hier? Wel, wel.'

De zon brandde verschrikkelijk op mijn huid, die de dag tevoren nog door een ongehoord zachte, Europese herfstzon verwend was geworden. Toen ik op N'Djili landde, had ik meteen al het gevoel dat ik bij een bloemist op bezoek was en bij vergissing de deur van de serre had laten dichtvallen. Een dikke, vochtige lucht, die zich onmerkbaar op je hele lichaam vastzette. Alleszins niet de ideale omstandigheid om je griezelig te laten voorlichten over wat toen was gebeurd.

'En dit is de ambassade. Je ziet duidelijk tot waar in '67 de vlammen geraakt zijn. Drie hoog. Zie je? Zo is Congo wel, ja. Je weet het nooit. Het is allemaal erg verbeterd, natuurlijk. Maar zekerheid heb je nooit, nee. Je weet het gewoon niet meer. Je zekerheden zijn afgenomen.'

De man die dat zei, was duidelijk niet bang. Niemand die het ginder vertelt, is bang – er is misschien ook helemaal geen reden toe – maar voor wie enkele uren tevoren nog maar op N'Djili is geland, betekent het wel even een schok.

Het waren allemaal sterke verhalen geweest, de ganse eerste Congo-dag door. Allemaal waren ze op het nippertje nog net, weet u wel... Je trof er ook weleens een enkele die zei: 'Hier heb ik gewoon geen mens gezien. Geen moeilijkheden.

Alles is doorgelopen zoals altijd. Maar ja, in paniek, ja dan...'

Ik liep met lood in de schoenen door het donkere Kinshasa, de laatste meters met een blanke aan mijn zijde. Dadelijk ging die knaap me na een volle dag verschrikkingsbeelden de hand drukken en zeggen: 'U vindt uw slaapkamer wel, zeker? Prima! Slaap wel en denk erom, morgen halfnegen in de hal!'

Het gebeurde precies zoals ik gevreesd had. Met een rilling in de knieën zag ik hem om halftwee 's nachts in zijn wagen stappen en het laatste blanke silhouet verdween op mijn jeugdig Afrikaans netvlies. Ik stond plots moederziel alleen met mijn akelige witte huid in dat Afrikaanse hotel.

Langs de muren hurkten onduidelijke negers, die elkaar in het meest duistere Lingala allerlei ordewoorden toeriepen, die zonder enige twijfel mijn hachje betroffen.

Ik wilde om mijn sleutel rennen, maar een donkere juffrouw in goud-groene sjaal versperde me de weg en begon in een internationaal soort Frans een loflied op de liefde. Zo helemaal anders was Kinshasa dus toch ook weer niet.

Het vergde enige overredingskracht om met de sleutel alléén naar boven te gaan en toen ik buiten adem op de verdieping aankwam, bleef ik één moment aan de grond genageld staan. De palmbomen staken in het maanlicht hun ritselende takken door de open balkongang en er floot een vogel die waarschijnlijk niet eens een vogel was.

Onder het bed stak geen zwarte, in de kleerkast stond er ook geen, er zat geen inboorling in mijn bad, mijn bed was door de ambassade op frisse lakens gecontroleerd en nu lag ik daar, met de pyjama naast me, met hartkloppingen op het bed naar Kinshasa te luisteren.

Ik moest zo nodig naar daar gekomen zijn om stukjes te lezen! Ik nam me voor nooit meer zonder mijn vrouw en een pistool de grens te overschrijden, doch dat hielp op dat ogenblik zelf niets.

Ik bleef in de broeierige nachthitte liggen en ineens floot die merkwaardige tropische vogel weer bij het venster. Misschien was het niet eens een vogel, maar een afgesproken teken om...

Er bonkte iemand met Afrikaans temperament op de slaapkamerdeur. Mijn hart lag vlak onder mijn tong toen ik de deur op een kier trok en twee mannen zag staan. Forse zwarten met witte flikkerogen onder de grijze politiehelmen en met een geweertje onder de arm, waarmee ze misschien wel in staat waren me zelfs zonder pyjama het hiernamaals binnen te vuren.

Ze deden het niet onmiddellijk. Ze wilden eerst mijn papieren nog even inkijken en mijn bagage nog eens controleren.

Ik dacht aan het monument en aan het telefoonnummer van de ambassade, dat met een 2 begon...

Toen mijn papieren als toonbeelden van administratieve onvolmaaktheid van hand tot hand waren gegaan en ik midden in de akte van berouw zat, tikten ze plots met de zwarte vingers tegen de helm.

'A votre service, monsieur!' zeiden ze. 'Au revoir. Et une bonne journée demain.'

Ik weet met zekerheid dat ik iets heel nieuws in de wereldgeschiedenis heb veroorzaakt: een naakte man die met een visum in de hand op de rand van zijn bed een vol uur aan Leopold de Tweede denkt.

NABIJ DE EVENAAR

De chef van het protocol in het Oberoi Hotel van Colombo op Sri Lanka draagt een broek zoals ze voor de oorlog in Grote-Spouwen droegen wanneer met Pinksteren de processie uittrok. Wij hadden familie in Grote-Spouwen en die processie misten we zelden of nooit. Een monument van landelijke roomse grootheid, maar de kardinalen dachten dat ze beter wisten dan de boeren en ze schaften het af. Het verheugt me dat ik een halve eeuw later de broek op Sri Lanka terugzie.

Het is abnormaal koel in de immense hal van Oberoi. Een kathedraal welhaast, waarin tientallen metershoge doeken met Singhalese motieven in de ruimte naar beneden hangen.

De Singhalezen, die voor meer dan driekwart de bevolking van het eiland uitmaken, hebben een wonderbare naam.

'Zeer wonderbaar,' zegt Nilamé. 'Want singha betekent leeuw en le betekent hart. Begrijpt u wat we bedoelen, sir?'

Ik begrijp wat hij bedoelt.

Er staan geen beelden in de hal van Oberoi, geen boeddhabeelden, geen beelden van de hindoegod Ganisj, er staat alleen een enorme vleugelpiano en daarop speelt een Singhalese in purperen sari *Ne me quitte pas* van Jacques Brel.

Ik denk terug aan veertig jaar geleden, toen Brel met een gitaar op de rug bij wijze van proef liedjes kwam spelen en zingen in het bouwvallige huis in de Dr. Willemsstraat te Hasselt, het huis waar ik aan het werk wilde schieten. Nu was Brel al vereeuwigd en speelde men hem postuum in de kathedraalhal van Hotel Oberoi in Colombo.

De Sri Lankaanse vrouwen bewegen blootsvoets en geruisloos om je heen. Onopvallend, maar zeer sterk aanwezig. Ik denk niet dat er een jury is geweest die hen heeft geselecteerd, de natuur heeft dat hier zelf gedaan. Ik heb zelfs het gevoel dat deze vrouwen vanzelf uit de grond zijn gegroeid. Orchideeën die er op een ochtend ineens zijn. Ze dragen paarse en nieuwrode en gele en oranje en kaneelkleurige sari's met felle, contrasterende bloemen, die bij ons schreeuwlelijk zouden zijn, maar hier niet.

Je hebt er dagenlang moeite mee om het idee van je af te schudden dat ze enkel naar je glimlachen ter wille van de commercie. Het vooroordeel van het Westen. Vriendelijkheid bestaat nog als een manier van leven. Ik voelde me bijna opgelucht toen ik eindelijk een ventje van dertien zijn tong naar me zag uitsteken. Eindelijk weer eens een symbool van agressie, zodat je je bijna weer thuis voelt.

Zelfs de mannen die met niets dan een grijze lap voor hun schaamte achter de waterbuffels door de rijstvelden stappen, lachen naar je. Ze heffen hun hand uit de grijze modder en wuiven 'Hello!' Ze willen blijven stilstaan om je uitgebreid de gelegenheid te geven de rijstvelden te fotograferen. Een gênant ogenblik, maar gelukkig hebben de waterbuffels daar geen tijd voor. Met gebogen koppen, de rijststengels rond de oren, met hun graatmagere grijze pensen trekken ze de modderbrij in twee. The show must go on. Sneeuwwitte ibissen met gele bekken zitten boven op de bult van de buffel en ze gaan geduldig mee op en af, het modderige rijstveld langs.

De buffels zijn gehuurd en de mannen ook. Een buffel kost 75 roepies per dag – dat is 140 frank – en een man 65 roepies. Een man in de modder kost niet zoveel. Er schuilen waterslangen in de rijstvelden, maar tegen de beten ervan heeft de medicijnman wonderbare middelen.

Wie in de jungle zijn arm breekt, wordt hier ook niet in het gips gelegd, de medicijnman heeft daar een zalf voor en de arm geneest onwaarschijnlijk snel.

Aan de rand van de jungle rijden we voorbij een okergeel lemen huis, waar niemand te zien is.

Nilamé remt af.

'Kijk, een dode,' zegt hij.

‘Waar is die dode?’

‘Als je een witte katoenen doek tegen de gevel ziet, kijk, daar, zoals een vlag, dan is er een dode in dat huis.’

De witte vlag aan de gevel.

Gecapituleerd voor de hitte of voor de leeftijd of wie weet waarvoor. In elk geval voor het leven.

Vijftien jaar geleden nog zag je in de Kempen een groot houten kruis tegen de gevel staan. De lijkbidder kwam het er voor drie dagen zetten. We zijn niet zo ver van Ceylon.

Een grote wilde kat schreeuwt aan de rand van de jungle.

‘Nee, nee,’ lacht Nilamé. ‘Dat is een vogel. Misschien is die wel bang van de firewatcher, want dat is hier de enige mens.’

De vuurwachter zit naakt op een houten platform, dat tussen de hoogste palmbomen is vastgevlochten.

‘Als het brandt, dan ziet hij het vuur,’ zegt Nilamé.

Het lijkt me logisch. Doch een brandweer is er niet, mensen zijn in geen kilometers te bespeuren. Dadelijk is hier nog alleen de vuurwachter met de dieren die aan de palmbomen komen snuffelen. De luipaard en de leguaan. Daarstraks was er een prachtige leguaan van wel anderhalve meter lang.

De zon staat nog achter de jungle. Dat is nu als vuur. Maar ze dooft zeer snel, ongelooflijk snel. Precies zoals in Afrika. Terwijl je wijst hoe mooi het is, is de zon al weg. De nabijheid van de evenaar.

We rijden door, de brokkelweg langs de jungle. Slechts even nog en dan valt de duisternis. Zoals een doek na het toneelspel, een dag die voorbij is.

DE KAAP

De brem bloeit, want het is eind oktober. Dat is een gekke gedachte, maar de metershoge struik doet het nu eenmaal. Hij spat uit elkaar tegen een lucht die fataal-blauw is, zoals bij ons thuis op zondagnamiddagen in de zomer wanneer niemand nog beweegt.

In de rubberboom zit een citroenkleurig brilvogeltje. Het kijkt onderzoekend of het komen kan, aandachtige oogjes achter een wit, rond ziekenfondsbrilletje.

Achter de witmetalen tafel zit een man die hier voorheen nooit zat en dat weet zo'n vogel. De duiven hebben daar geen last van, de twee koperbruine duiven, die opdringerig brutaal zijn. Als je niets voor ze hebt, jagen ze je bijna terug het huis in om iets te halen. Ze hebben een roep die je nooit eerder hoorde, een waterpomp waarvan de zwengel nog maar moeizaam gaat.

Een geluid uit je kindertijd dat hier plots na een mensenleven terug is. Moest je daarom zo ver reizen, om hier iets van je grootmoeder terug te vinden.

Het is heet en doodstil in huis, het ontbijt staat klaar, maar de bewoners zijn weg.

Wie maakt dat geluid dat je niet herkent? Een man, een zwarte man, die onder de vijgenboom staat met een achtergrond van bougainvillea en van handgrote hibiscusbloemen. Hij fluit zoals een vogel die niet bestaat, maar dat doen de vogels hier zelf ook allemaal. Alleen een gier die in de dode eik zit, die maakt geen enkel geluid. Die beweegt zelfs niet wanneer de zwarten een groot, dik touw in de boom gooien om hem straks te slopen. De geraniums bloeien hier ver boven hun stand. Wel vijf, zes keer hoger dan ze zouden mogen aankunnen, maar de aarde die naar het schijnt vol goud zit, stuwt hen omhoog met een kracht die hen straks, wanneer het december wordt, fataal zal zijn.

De zwaluwen scheren over het water, maar de libellen zijn te dik voor hen en te onrustig. Gitzwarte libellen, die wanneer ze stil gaan zitten harde, glanzende schilden blijken te hebben zoals kevers. Ik had vlinders verwacht, maar die zijn er niet. Vermoedelijk zitten die al achter glas in withouten dozen met een kaartje eronder gekleefd waarop een heel moeilijke wetenschappelijke naam staat.

Je hoort nu de trein voorbijkomen. Achter de Pinelands rijdt die. Een donkerrode trein naar de stad toe. *Blankies nie* staat op een wit bord. En dan kun je er niet in. Waar je wel kunt gaan zitten, staat weer een andere waarschuwing, die het begin zou kunnen zijn van een zeer teder gedicht. *Moe nie rook nie.* Gisteren nog speelde de radio een lied van Jacques Brel. Moe nie weggaan nie. Ne me quitte pas. De zangeres die het liedje zingt, heeft gitzwart haar en bij haar thuis door de houten voorkamer kruipt een kleuter van twee jaar met een spierwitte kop. Hij heet Simon en de zangeres is gescheiden. Een kwestie van kleuren, denk ik.

In de bremstruik komt een paradijsvogel zitten. Hij heeft een belachelijke lange staart, twee zwarte veren, die hem voortdurend hinderen en die wel twintig centimeter achter hem aan fladderen zoals een kermismolentje.

Waarom moet een man in de tropen altijd gehinderd worden? Zo'n vogel wil weleens wat, maar iedereen kijkt voortdurend naar hem. Het zal je in Afrika treffen een paradijsvogel te zijn. De grote krekel roept weer. Telkens twee keer na elkaar. Scherp en doordringend. Hij moet wel een hand groot zijn, zo overtuigend klinkt zijn roep door het huis. Tot hier achter in de tuin, waar de witte tafel bij het water staat. Een groot, zwart dier, dat binnen in het huis in de hal op een tafeltje staat en dat doordringend roept. De telefoon in Afrika, je raakt er niet aan gewend. Als je de hoorn opneemt, zwijgt de krekel onmiddellijk. Gisteravond kwamen de struisvogels nog langs. Het echtpaar met de zes jongen. Draai het raampje van de wagen eens naar beneden, zodat ik ze kan vastleggen voor later, wanneer ik niet meer weg wil gaan. Dat komt, schijnt het. Wanneer je het opgegeven hebt om te zoeken of wanneer je het gevonden hebt.

Ik wandel tot voor het huis, waar midden in het gras de frangipaneboom in bloei staat, een wonder dat je met elektronica niet aankunt. Een miljard oranjerode bloemen en je weet niet voor wie. Met merels erin, die wanneer ze wegvliegen plots rode ruggen hebben en die aarzelen tussen de dode eik of de jacaranda. In de eik zit de gier nog altijd. Hij moet een geel oog hebben, maar dat kun je van hieruit niet zien.

Straks komt de man met de grijze wagen en die zegt: 'Kom, we rijden nog even rond.' Het stuur staat rechts en achter zijn broeksriem zie je de revolver zitten. De Tafelberg zit onder de wolken.

De stad met de buildings nadert en daarachter de baai, waarin de twee oceanen bijna roerloos in elkaar verstrengeld liggen. Met meeuwen erboven, die onuitputtelijk naar elkaar roepen. Zij hebben de Goede Hoop bereikt. De Kaap – waar naar het schijnt – jij en ik naartoe stevenen.

Het is uitgesloten dat het vooralsnog lente wordt, want zelfs de allereerste is nog niet gereed om te komen. En wat zijn we met de eerste? Niets. Eén zwaluw maakt de lente niet, dat weet u toch. Ik heb die eerste zien zitten. Aan de overkant, een heel eind beneden de evenaar zit die. Ik dacht eerst dat ik verkeerd gekeken had.

Door het zoveelste bekrompen vooroordeel denken we dat de zwaluwen van ons zijn. Ze horen toe aan Alfred en die woont in Soweto in een piepklein huisje.

Hier wordt ons als kind reeds als een waarheid voorgehouden: in de lente komen onze zwaluwen terug. Ze komen dan terug naar hun boerderij in Stevoort of in Alken. Tot voor een paar jaar had ik zelfs mijn eigen privéboer op een steenworp van me af wonen. Door de ongeneeslijke ziekte die de stad heeft aangetast, appartementitis, is die boer op de vlucht moeten slaan, halsoverkop paard en koeien achterlatend, veiliger oorden tegemoet.

Vroeger hebben pest en cholera ganse steden verwoest. Ik heb zelfs in Soweto uitgekeken of mijn boer daar soms niet zat, zijn zwaluwen achterna, maar ik heb hem niet kunnen bespeuren. Hetgeen nog niet bewijst dat hij er niet is.

Het eerste voorjaar kwamen mijn eigen privézwaluwen nog plichtsgetrouw terug naar hun boerderij. Kan een vogel weten dat ze achter zijn rug zijn toevluchtsoord onder de hamer brengen? Kan hij weten dat mensen zo stom zijn om een boerderij te slopen? Die vogel heeft nog een paar dagen de straat op en af gevlogen en radeloos boven de weide gecirkeld en toen is hij – wee ons die hem dat hebben aangedaan – aan de einder verdwenen.

In Soweto heb ik hem teruggezien. Bij Alfred. Daar zat hij niet op een telefoondraad. Ook weer zo'n vooroordeel van ons.

Zwaluwen moeten op telefoondraden zitten, het is niet waar. Ginder, aan de overkant, een eind beneden de evenaar, gaat zo'n zwaluw moeiteloos op een tak zitten. Een prachtige, dikke tak van een jacaranda. Mooier kan een vogel niet zitten. De jacaranda bloeit zelfs nog. Dat is de laatste blauwe bloem van de zomer. Een enorme tros, die naar het schijnt doordringend en bedwelmend ruikt, maar ik kan er niet bij. Zo'n zwaluw heeft gelijk dat hij hoog gaat zitten, ver buiten mijn bereik. Als ik thuis zijn boerderij afbreek, dan ben ik niet meer te betrouwen, dan hak ik zijn jacaranda misschien ook wel om. Dat doet Alfred niet, die gaat onder die boom in het gras zitten en luistert naar de geluiden van Soweto. Alfred Mambaso.

Er zijn dingen in die zwaluwen die ik niet begrijp. Ze zitten op een jacarandatak, mooier kun je niet zitten en het is er lekker warm. Achtendertig graden op de middag. De zomer is op zijn hoogtepunt en straks wordt het winter. Maar wat is zo'n winter ginder? Het regent dan een beetje, akkoord, maar het blijft er lekker warm. En op de zon kun je elke dag rekenen, die laat je niet in de steek. Armand Pien en Jan Boomans zijn ginder totaal onbelangrijke mannen, ze hebben geen enkele invloed, ze zijn er overbodig, de zon schijnt toch altijd, het hele jaar door. Ik begrijp de zwaluwen niet. Ik heb de woestijn gezien waar ze overheen moeten. Ik heb de oceaan gezien die ze moeten oversteken, waarom doen ze dat?

Waarom beginnen ze elk jaar opnieuw aan die ellende? Om hier weer tegen een nieuw appartementsgebouw te pletter te vliegen, dat er vorige zomer nog niet stond. Alfred heeft een heel laag huisje in Soweto, daar kun je makkelijk overheen, daar bereiden ze je geen rampen voor, daar kan je geen kwaad gebeuren. Je zit daar goed in die jacaranda van Alfred Mambaso.

Het zou best weleens kunnen dat daar vroeg of laat verandering in komt, dat zo'n zwaluw het doorkrijgt en dat hij denkt 'Mij niet meer gezien, ik blijf bij Alfred en dat ze in Stevoort hun plan trekken, ik ga niet meer.' Dan komt dit jaar dus zelfs de eerste zwaluw niet en hoe zal de lente dan komen? Wat dan? Ik dacht toch al aan uitwijken, mijn spullen bij elkaar te nemen en ginder onder een jacaranda te gaan zitten. Met het nieuwste boek van Georges Simenon in mijn hand. Mémoires intimes. Dat is een jaap van achthonderd pagina's. En Simenon gaat met schrijven nog wel een tijdje door. Zijn woede op zijn tweede vrouw heeft hij nog lang niet uitgeschreven, dus kan ik daar onder die jacaranda nog wel een tijd van meegenieten. Ik begrijp de zwaluw niet. Zo boeiend is een telefoondraad hier nu toch ook weer niet. En zo'n draad staat zelfs nooit in bloei, daar hebben ze bij de RTT nog nooit aan gedacht, daar schiet de verbeelding in tekort.

En zelfs als zo'n vogel niet bijleert, dan is het toch nog altijd beter om ginder achter op hem te zitten wachten. Liever onder een bloeiende jacaranda in het gras dan hier op het beton, onder een telefoondraad, tussen de flatgebouwen in, met ijspegels aan mijn oren.

WEERZIEN MET CONAKRY

De regen slaat tegen de ruiten van de wagen, het glas is aangedampt en achter de wissers ligt de snelweg naar Zaventem. Een luchthaven is een weldaad voor een land waar het vaak regent, ontvluchten blijft altijd mogelijk. Het is iets onrechtvaardigs voor wie achterblijft, het begin van een schuldgevoel. Of is het toch de leeftijd die begint te spelen? Je wil niet meer zoals vroeger vanavond alléén op een ander continent staan. Je wil straks van gedachten kunnen wisselen over de vuurvlinders en over de geur van bougainvillea en over de namen van bloemen die je niet kent.

In de zilveren vogel – wie heeft de auteursrechten op dit prachtige, onvervangbare cliché? – in de zilveren vogel zingt waarachtig Danny Fabri op kanaal 14 onderweg naar Afrika. Voor de hoeveelste keer ben ik nu onderweg naar ginder? De richting die ik het liefst vlieg, het continent waar ik had moeten wonen.

Rechts van het toestel ligt Gibraltar. Vroeger hadden de mensen alleen maar sprookjes, nu nemen de vogels je echt mee. Over acht uur krijg je pijn in de oren en achter je raampje wordt de hemel heel snel grijs en stofferig, een loden avond die over Afrika valt. Er is slechts een kwartier tussen de dag en de avond en de zilveren vogel komt precies op de limiet aandrijven. De aarde is roodbruin, zoals altijd. Ze moeten dat wel afgesproken hebben voor eeuwig en altijd, want onder iedere Boeing staat een zwarte te wachten. Dat mist nooit. Hij staat vlak bij de landingsbaan in het hoge, verdorde gras. Zijn bruine hemd hangt over zijn grijze broek, hij vertegenwoordigt een heel continent. Hij kijkt naar de raampjes en naar wie daarachter zit, hij lacht niet, er is geen reden toe en over de verwondering is hij allang heen.

Het is kwart voor acht in Conakry en in het luchthavengebouw hangt de onrustwekkende, postergrote kleurenfoto van president kolonel Lansana Conté. Waarom gebeuren overal op aarde de meest vreemde dingen op het niveau van de kolonels?

Kolonel Lansana Conté lacht niet naar zijn volk. Niemand lacht in het luchthavengebouw van Conakry in Guinea. Een baby schreit met een energie die hij later nooit meer zal kunnen opbrengen. Het is onwaarschijnlijk, maar er is een taxfree shop. Men verkoopt er afschuwelijke zwarte beelden. Africa made in Hongkong. In de opening van een sigarettenstalletje zit een zwart jongetje gehurkt, roerloos. Een missiebusje van vroeger. Iets groter weliswaar, maar in Afrika is nu eenmaal alles groter.

In de taxfree shop hangen nog de slingers van Kerstmis. Als het een beetje meewil, vallen die niet op en vergeet men ze. Met Pasen denkt er ineens iemand aan, maar dan kun je ze eigenlijk ook al evengoed laten hangen voor de Kerstmis die komt.

De muggen zijn er ook. De ellendige muggen. En welke zijn het die je prikken voor malaria? Een luidspreker zegt dat iedereen met bestemming Senegal zich onmiddellijk bij de uitgang moet melden. Blijkbaar wil iedereen naar Senegal. President kolonel Lansana Conté gaat alleen in Guinea achterblijven, met ongelooflijk veel onderscheidingen. Een man achter glas.

Een vogel fluit met geluiden die je bij ons nooit hoort. Op het donkere tarmac staan zij die naar Senegal willen en nu het volstrekt donker is, ruikt plots iedereen de Afrikaanse nacht. De vreemde vogel lijkt telkens tot drie te tellen. Het zal wel een oranje vogel zijn met een felle, glanzende blauwe kop. Er is geen maan. Dat kan toch niet. Je zoekt de maan en die staat loodrecht boven je hoofd.

Een zwarte juffrouw, van wie ontegensprekelijk alles hier afhankelijk is, komt zeggen dat het vliegtuig voor Senegal helemaal níet vertrekt en dat iedereen weer naar binnen moet. Het volgzame gebaar van onderdanigheid van twintig blanke mannen en vrouwen volstaat blijkbaar, want het vliegtuig zal ineens toch wél vertrekken. Iedereen neemt nu definitief afscheid van president kolonel Santana Conté. Je hangt aan lussen bij het slingertransport over het vliegveld en in het maanlicht staat de grote, veilige, iedereen opslorpende vogel.

Je oren doen weer pijn en de zwarte nacht heeft alles toegedekt tussen Guinea en Senegal. Het hotel in Dakar ligt bij de zee. Je hoort die en je ruikt ze, maar je ziet ze niet. Dat is voor morgenvroeg.

Je loopt achter een zwarte man aan, een doolhof tussen planten en bomen door, trappen op, trappen af. Je volgt de zwarte tussen metershoge muren. Waar gaat hij met je heen? Ginder brandt er een lamp en daar bloeit gele hibiscus. Hij slaat een hoek om. Dit is het juiste paviljoen en dit is kamer nummer 241. De kamer is klam, zoals altijd. De zwarte steekt zijn linkerhand vooruit en met de rechter demonstreert hij hoe je met het knopje het licht aan en uit kunt drukken. We staan heel even in het donker, ik zie hem niet meer. Hij mij vermoedelijk wel.

Ik controleer de ramen, die zijn klemdicht. De airconditioning werkt. In de badkamer zitten geen kakkerlakken, er is geen hagedis. Jammer. Het hoort er eigenlijk wel bij. Over een paar uur gaat de Afrikaanse zon op. Er zullen gieren in de lucht hangen, daar kun je donder op zeggen. De vlinders zullen veel groter zijn dan thuis.

De zwarte heeft gelijk, als je op het knopje drukt, gaat het licht aan. Zijn linkerhand wijkt niet. Het heeft me honderd frank gekost om het geheim van dat knopje te achterhalen. Drukken en het is aan, weer drukken en het is uit. Een zwarte kan je nog wat bijbrengen. Honderd frank, ik had niets anders. Maar voor dat bedrag zag ik dan ook het mooiste gebit van Senegal.

HET EILAND

Het vliegtuig is weer opgestegen in Abu Dhabi en dat is een opluchting, want nu komt er weer koele lucht naar binnen. Het was heet aan de Perzische Golf en een metalen dier dat hier een uur lang stilstaat, al is het ook bij nacht, dat wordt onhoudbaar van samengebalde hitte.

Daarstraks was het nog een idyllisch besneeuwd reclamelandschap voor Oostenrijk, maar dan volgen Joegoslavië en Turkije en gebieden waarvan je je afvraagt 'Wat zou dat zijn?' Wie steeds dichter naar de evenaar wil, zal zijn tol betalen. Een wachtend vliegtuig, dat van de hitte staat te sidderen in Abu Dhabi. Ik denk onwillekeurig aan een kaping van 124 uur. 124 uur stilstaan ergens in het Midden-Oosten, je zal je letterlijk bevrijd voelen wanneer er eindelijk geschoten wordt.

Het voedsel dat je vanonder de aluminiumfolie lospeutert, is nog Europees, maar wie het je brengt, draagt al het purper en het oranje en het blauwe van het Oosten. Het is aan de wolken niet te zien, die zijn zoals thuis, maar je vliegt dus nu boven de kreeftskeerkring en de steenbokskeerkring. Ik vond het mooie namen, maar ze juist situeren was wat anders. Vooral omdat de onderwijzer er zelf bij zei dat ze in feite niet bestonden. Hij tekende ze wel, maar ze lagen daar niet. En ik heb nooit geloofd in wat ik niet zag liggen.

We vliegen nu in de richting van de evenaar. Een oosterse schoonheid (ik geloof wél in wat ik zie) komt ons uitleggen hoe we ons reddingsvest in geval van nood kunnen dichtriemen en opblazen. Het is ongehoord ingewikkeld, ik weet zeker dat ik straks aan het verkeerde lint zal trekken en dat ik nooit tijdig het rode fluitje zal vinden waarvan verwacht wordt dat iedereen er rustig op gaat zitten blazen wanneer straks de linkervleugel brandt.

Als er de eerstvolgende uren met dit toestel iets misgaat, dan hebben onze kinderen hun voorgeslacht voorbij Zuid-Jemen in de Arabische Zee liggen. Dat klinkt attractief exotisch, maar ik voel er niets voor. Ik behoor nog tot de ouderwetse generatie die (nu al) denkt: Als ik daar ooit lig, kom dan af en toe toch nog maar eens langs. Zomaar. En dat is duur voorbij Zuid-Jemen, een mens moet zijn kinderen niet op onnodige kosten jagen.

De luchthaven heet Katunayake en als er hier voorbij de douane niemand staat met een houten bordje met mijn naam erop, dan wordt het bedenkelijk. Zelfs Stanley had destijds zijn voorzorgen genomen en Livingstone ergens opgesteld.

Het klopt. Er komt een grote geruststelling over me wanneer ik mijn eigen naam lees, weliswaar met een fout erin, maar daar struikel ik nu niet over.

Het is een kleine, tengere man met oogjes van donker saffier, achteraf zal blijken dat ze hier allemaal klein en tenger zijn en dat saffier hun eerste exportartikel is. De man heet Nilamé en mijn vrouw zal het niet afleren om constant te blijven vragen: 'Hoe laat had Melanie ook alweer gezegd?' Nilamé vouwt de handen tegen elkaar, buigt het hoofd en zegt dat Boeddha ons een lang en gelukkig leven zal schenken. Mochten de deken of de paus ons minder gunstig genegen zijn, dan kunnen we ons dus nog altijd op het Oosten beroepen.

Nilamé tovert twee slingers van witte jasmijnen te voorschijn en hangt die om onze hals. Ze geuren onnoemelijk zoet, maar zo zal het over het hele eiland zijn: frangipanebomen, witte en oranje en gele, en de uit elkaar spattende, uitbundige oranje vuurbloemen en de reusachtige, witte trompetbomen, waaronder je kunt gaan liggen om gratis dronken te worden. En de honderd soorten orchideeën, waarvan morgen zal blijken dat ze naar chocolade ruiken en andere naar vanille en naar appelsien en naar citroen.

'En naar gember, mijnheer! Naar gember!' Met een knipoog naar mij. 'Gember is zeer goed voor alle mijnheren!'

Mijn god, ook dat nog, en het is al zo warm.

Nilamé zal onze vaste gezel voor het eiland zijn. Een gloeiend vochtig tropeneiland, dat vroeger Ceylon heette maar nu Sri Lanka.

'Sendnanayke kwam na de Britten in 1948 en alles is zeer vreedzaam verlopen, mijnheer.'

Ik kan het me voorstellen, wie hier militaire initiatieven neemt, laat vier keer het kanon schieten en gaat dan van ellende en van de warmte plat achterover in het gras liggen.

De wagen van mister Nilamé is luchtgekoeld. Wat een zegen. Er staat een oranje monnik naast de weg met een zwart regenscherm in de hand. Dat zal wel zijn om zich te beschermen tegen de zon, anders kan het niet, het regenseizoen komt pas over een maand.

Er dokkert een kar voorbij. Een grijze waterbuffel trekt de traliekar, waarin, als zijn eigen gevangene, een naakte, aardedonkere man gehurkt zit. Het enige wat hij draagt, is een witte tulband en een lap voor zijn schaamte. Nodeloos eigenlijk, want voor Boeddha kun je niets verbergen. Boeddha heeft zich verzekerd van dezelfde eigenschappen als bij ons. Hij zíet alles, hij wéét alles. Zelfs de gepeinzen van ons hart. Die van mij en die van Nilamé en die van de aardedonkere man in de traliekar. Alleen wij weten niets. Niets van wat straks op dit eiland nog komt. En niets van morgen.

SRI LANKA

De vochtigheidsgraad is 90 en dat snijdt een Europeaan de adem af. De temperatuur is 40 graden Celsius onder de palmbomen en de briefjes van 10 en 20 roepies die je op zak hebt, lijken wel van natte wol. De krant die je gisteravond op het terras achtergelaten had, is vanochtend haast tweemaal zo dik, een natte handdoek die je opraapt.

De Indische Oceaan beukt tegen het eiland en het beeld dat je ziet, is zeer reëel, er wandelt een olifant over het strand. Tussen slurf en slagtanden draagt hij twee zware boomstammen, die ginder ergens heen moeten.

Ik ben nu al acht dagen op dit eiland en vanaf de derde dag wist ik het pas. Er was hier iets vreemds, maar ik wist niet wat. Er ontbrak iets, er gebeurde iets niet dat er tot nog toe altijd bij gehoord had. Er kwam geen vliegtuig over. Niet bij dag, niet bij nacht. Je kon een fles in de oceaan gooien, maar de boodschap zou waarschijnlijk aanspoelen in Kuala Lumpur en dan? Er voeren geen schepen op de oceaan. Heel heel ver allicht wel, maar dan buiten de zichtbaarheid vanaf het eiland. De vlinders die rond de frangipanebomen fladderen, hebben merkwaardig genoeg geen kleuren. Heel grote, zwart-witvlinders en dat is hier in tegenspraak met alles. Gisteren kropen twee armlange hagedissen tegen de beige, zondoorbakken muur. Dieren met vuurrode koppen en prachtige gifgroene lichamen en met donkerbruine ogen met een gouden ring eromheen. Waarom worden dieren in de tropen altijd zo mooi gemaakt? Vogels met bijna fluorescerende kleuren zitten bij een holletje in de grachtwand.

'Fotografeer ze maar, ze vliegen niet weg,' zegt Nilamé.

En inderdaad, ze blijven zitten en kijken naar wie naderbij komt. Wie zou hen kwaad kunnen doen? Hun schoonheid heeft hen onschendbaar gemaakt.

Helaas, de wetten zijn op dit eiland niet voor iedereen dezelfde. Moggolana, de boy met het chocoladekleurige, naakte bovenlijf en met de kaki short, die van de ochtend tot de avond de bladeren van dit grasveld bij elkaar harkt, komt naar ons toe. Zijn ogen zijn gitzwarte halfedelstenen en hij fluistert iets zeer geheimzinnigs en onverstaanbaars. Met gebaren legt hij uit dat hij ons mee wil hebben over het smalle weggetje tussen de oleanders door en tussen de struiken met rabarbergrote bladeren, waaruit meters lange rode staarten afhangen.

Het wordt donkerder en dichter begroeid waar hij ons brengt.

'Kijk, kijk, hier zijn ze!'

In een lage betonnen tank halfvol goor, bruin water steken twee babykrokodillen de onheilspellende koppen op. Wanneer Moggolana met een twijgje over hun ogen gaat, blazen ze als wilde katten en slaan met de schubharde staarten door het vuile water.

Moggolana heeft ze gisteren gevangen. Dáár. Waar de jungle begint. Twee babykrokodillen, die brengen goed geld op. Misschien wel duizend roepies.

Ik neem me voor de deur van onze cottage zeer zorgvuldig te sluiten. Zo'n baby wandelt in minder dan één minuut tot bij ons. Maar daar moet Nilamé hard om lachen.

'Nee, nee,' zegt hij. 'Die tank is toch een halve meter hoog, die raken daar niet uit.'

Waar je wel voor moet uitkijken, zegt hij, is dat je bij avond, wanneer het donker is, niet onder de palmbomen gaat staan. En zeker niet wanneer het regent. Want tussen de kokosnoten zitten van die acht centimeter lange, gitzwarte, glanzende kevers met ijzersterke schubben. En die kunnen dan in je open hemd vallen. En dat is 'bad, sir, very, very bad.'

Die avond breekt een onweder los boven de Indische Oceaan. Alleen maar donder en bliksem en regen. Geen wind. Bij elke bliksemslag zie je de palmbomen tegen de lucht getekend staan. En de rubberbomen en de frangipanes. Nu zullen de kevers dus vallen. Wee de nietsvermoedende die met open hemdje onder de palmbomen gaat schuilen.

Het wordt niet koeler, het is een indrukwekkend klank- en lichtspel, maar de temperatuur verandert niet. Het wordt zo mogelijk nog vochtiger en je bril bewasemt helemaal in de buitenlucht.

Waarachtig, daar liggen de kevers. Ze liggen op de rug en scharrelen hulpeloos met de roodbruine poten in de lucht naar redding. Wie al geplet is, wordt door de mieren omringd. Honderden, duizenden akelig kleine minimiertjes, die de kever helemaal omringen en dan insluiten om hem te vernietigen tot enkel nog de zwarte dekschilden overblijven.

Een onzichtbare vogel roept steeds maar zijn zelfde eentonige roep. Toejoejoe. Toejoejoe. Uren aan een stuk.

De volgende morgen is het waarachtig iets frisser. Een illusie, die slechts een half uur duurt. Dan spat het eiland opnieuw in al zijn hitte uit elkaar. De palmbomen groeien nog hoger, de jungle groeit dichter, de frangipanebomen worden nog heftiger wit. De krokodillen in de tank zullen ook wel gegroeid zijn, maar ik ga niet meer kijken. Hun gebit was wreedaardig scherp en hun ogen vals.

Nilamé heeft de wagen al voorgereden. De geklimatiseerde wagen van Mister Andrew, de Belgische consul. Een schandelijke luxe, maar een mens heeft het instinct en trouwens de plicht om te overleven.

DE MAKA'S

Aan de overkant van de stroom zitten de Maka's. Een grijze, lusteloze stroom, waarop twee af te raden houten boten liggen, klaar om te zinken. Het bericht zal nooit de bewoonde wereld halen. Men zal naar je gissen wanneer je maanden later nog steeds niet terug thuis bent. Paraguay is een land waar de vergetelheid zich onmiddellijk om je heen sluit. Goed, er is een Belgische zaakgelastigde in het land aanwezig, maar die staat zelf samen met mij op de oever van de stroom, waar aan de overkant de Maka's wonen. Als deze boot vergaat, zullen er wie weet hoeveel maanden overheen gaan eer men op Buitenlandse Zaken in Brussel de zaakgelastigde zal gaan missen. Om van mij maar te zwijgen.

De boot vaart naar de wouden toe. Schuin. Waarom overzetboten altijd schuin varen, is mij een raadsel.

Aan de overkant loopt een smal weggetje door manhoog gras recht naar het oerwoud.

Na bijna een mensenleeftijd gewacht te hebben, zal ik ze dus eindelijk zien, de indianen uit de boeken van May.

'Ze dragen hun pluimen nog steeds,' zegt de zaakgelastigde. 'Ze zijn precies zoals ze beschreven werden.'

Een paar honderdduizend hectaren oerwoud werden voor hen voorbehouden en het is niet goed wanneer een ander zich daar vestigt. Paraguay is een land van vergetelheid.

Plots zijn ze er. Op een grote open plek in het woud. De Maka's. Het eerste waar je aan denkt, is aan een nightclub. Fel tropisch geklede vrouwen met naakte borsten tegen een decor van oude mannen. Schuchtere oude mannen, gepensioneerde Winnetou's, die er een beetje onhandig bij staan en duidelijk niet weten wat ze nu precies moeten doen. De veren op hun hoofd zijn prachtig en hun neuzen hebben inderdaad het haviksprofiel van de grote krijgers die destijds in verhalen achter een rotsblok grimmig de pijl aantrokken.

Heftig bontgekleurd zijn ze en de vrouwen hebben allemaal iets uitdagends over zich, met strakke tepels op zware borsten. Of het een bordeel is midden in het oerwoud.

Iemand haalt een camera boven, maar dat lokt protest uit bij de mannen. Grote, forse mannen zijn het, die makkelijk met één hand een camera aan diggelen kunnen slaan. De meisjes houden de handen voor hun borsten.

'Cinquente! Cinquente!' roepen ze.

De zaakgelastigde vertaalt dat elke foto vijftig guarani moet kosten en dat er op elke foto slechts één vrouw mag staan. Cinquente per vrouw. En honderd guarani voor een man. Geklede mannen staan in het oerwoud financieel hoger gequoteerd dan blote vrouwen.

Wanneer ook nog iemand te kennen geeft dat hij bewegende film wil maken, wordt het een ingewikkeld diplomatiek gesprek. De zaakgelastigde slaagt er uiteindelijk in een vergelijk te treffen en het geld wordt aan het stamhoofd overhandigd. Hij onderzoekt de groezelige Paraguyaanse bankbiljetten een voor een en stopt ze dan in een huiden tas. Hij geeft het teken dat de beschaving zich op het oergebeuren kan storten, er kan nu worden gefilmd. Een oude indiaanse, die vermoedelijk volgens de voorschriften van de stam niet meer voor fotograferen in aanmerking komt, trekt mij terzijde, grijpt een willekeurige kleuter die toevallig in de buurt loopt en begint hem uitvoerig de borst te geven.

'Cinquente!' roept ze.

De kleuter begrijpt aanvankelijk niet wat er van hem verwacht wordt. Zijn herinnering moet al enkele jaren vervaagd zijn en hij sputtert woest tegen. Plots vindt hij het echter prettig, maar op dat moment blijkt dat niemand bereid is voor dat intieme tafereel cinquente te betalen. De vrouw, boos en teleurgesteld, trekt de kleuter met een ruk los, maar zo heeft hij het niet begrepen. De knaap begint te loeien van verontwaardiging, maar niemand heeft medelijden met hem.

De mannen voeren nu een dans uit. Gepensioneerde krijgers, die hun laatste pijl al vele jaren geleden verschoten moeten hebben.

Een van de meisjes hangt me een in felle kleuren gevlochten lint om. Viermaal cinquente.

Wanneer de boot afvaart, sluit het oerwoud zich weer om de Maka's heen. Het laatste beeld dat ik opvang, is dat van een oude indiaan. Aan de rand van het woud staat hij, met de blote voeten op de witte keien, aan de oever van de stroom. Drie veren liggen achterover tot in zijn nek. Hij is prachtig getatoeëerd.

Een uitzonderlijk grote man is hij, uit felle krijgers voortgesproten. Hij staart wezenloos over het water en houdt een transistorradio in de hand.

BONAIRE

Toen het witte schip met zijn schoft tegen het eiland ging aanleunen, was dat bijna een gebaar van tederheid. Het streelde de muren van cactussen die hoog rechtop waren gaan staan, met lange, scherpe pieken en met hier en daar rode bloemen in hun hals. De stenen die langs de weg lagen, waren dure stenen, die bij ons verhuurd werden om in haute couture-etalages te liggen. Wit en poreus en zo decoratief dat je ging wantrouwen of ze wel echt waren.

De man had ons het meer laten zien, het zoutwatermeer, dat van de oceaan afgescheiden lag. Een decor dat je de filmmakers van Hollywood kwalijk nam.

'Ginder zitten de flamingo's.'

Je zag de roze silhouetten van vogels, die aan het landschap een bijna Japanse frêleheid gaven.

Het stadje, waarvan ik de naam voor het eerst hoorde, telde alleen maar een hoofdstraat en wat dwarsstraten, die aan de ene kant op de zee uitliepen en aan de overkant bij cactusvelden ophielden. Op dat uur van de middag leek het of niemand er eigenlijk woonde. Vermoedelijk was het de hitte die alles lamgelegd had en kwam straks toch weer vanuit de winkels en de bars en de roze en okergele huisjes het leven opnieuw in beweging.

Het postkantoor was open. Een groen geschilderd huis, dat wel in Texas had kunnen staan. Er waren houten stutpalen voor de verdieping voorzien, waaraan je de paarden kon vastbinden terwijl je binnen de sheriff ging raadplegen.

Ik had het gevoel dat er iets broeide in het stadje. Passies tussen mannen en vrouwen, die onder de hitte hoog konden oplaaien, zodat de bijna pastorale vrede die het eiland uitstraalde meteen kon omslaan in woest geweld.

Het meisje van de Factory wist ervan. Ze kwam naar buiten kijken in haar bijna giftig gele kleedje, dat veel te kort was en erg strak om haar lichaam spande. Haar hals vertoonde grote zweetdruppels en die leken wel blauw op haar bruine huid. Ze keek de straat af. Of het leven in de andere huisjes al herbegonnen was, maar daar bewoog nog niets. Aan haar ogen zag je dat ze alles wist wat achter die geveltjes gebeurde en wat zich op dat uur van de middag afspeelde achter de houten latjesluiken die zorgvuldig gesloten waren.

Ze trad terug in de schaduw en de koelte van haar winkeltje, waar gevlochten kralensnoeren te koop waren in grijze en bruine en parelmoeren kleuren en grote gepolijste waterschildpadden en gedroogde vissen die nu wel monsters leken. Op de kade lag het huis dat ik voor mezelf uitgekozen had om er te blijven. Het leek niet veel meer dan een maquette. Het geveltje was Oud-Engels roze geverfd en het huisje had geen verdieping. Er stonden twee palmbomen voor en in één ervan hingen kokosnoten. Vijf, dacht ik. De deur stond open en binnen in het kamertje zag je de mensen zitten die het huis bewoonden. Ze zaten aan tafel en aten zonder naar buiten te kijken naar wie in de brandende zon stond en dacht dat hij dáár wilde blijven wonen. Hoe lang? Een jaar? Tien jaar? Altijd? Straks zou het schip afvaren en dan bleef het eiland weer onberoerd liggen. Het zou weken duren vooraleer er weer een schip zou komen aanleggen.

Op de draagbare radio's kon je blijven volgen wat er in de wereld gebeurde, maar die toestellen kraakten zo hard dat je het spoedig opgaf en de wereld alleen nog het eiland was, met de cactussen en de witte, poreuze stenen en de hartstochten, die je geleidelijk zou leren kennen. En wat de blik inhield van het bruine meisje dat uit de winkel trad en nauwlettend de straat afkeek.

Vier palmbomen van het huis verwijderd stond de vuurtoren. Hij had de proporties van het eiland. Vier lage verdiepinkjes had hij, met kleine venstertjes, waar misschien één keer per dag iemand door keek. Hij was okergeel geverfd met witte banden, die elke nieuwe verdieping aanduidden.

Toen het grote, witte schip zich in het donker losweekte van de kade, zwaaide het torentje het vaarwel toe. Een minuscuul rood lichtje, dat telkens weer pinkte. Je telde langzaam tot zes en dan kwam het weer. Het licht viel dan in schilfers over de zee, tot bijna tegen de boeg van het schip. In het donker was het huisje niet meer te onderscheiden en misschien hadden de takken van de palmbomen zich nu al gesloten. Doen palmbomen dat?

Het meisje in het veel te korte, gele kleedje lag nu in een kamertje achter houten latjesluiken. Met wie? Ze moest nu meer blauwe zweetdruppels op haar donkere huid hebben. Hij sliep naast haar en zij luisterde, op haar rug liggend, hoe achter de luiken de oceaan bruiste, met golven die over elkaar heen sprongen en met wit schuim, dat uit elkaar spatte tegen de muur met de cactussen.

FJORDEN

Het schip voer door de Noorse wateren. Ik lag languit in een zetel op het bovenste dek. Eén oog had vakantie, het andere keek naar een fjord.

'Hindert het niet als ik mijn voeten op uw knieën leg?' vroeg een dame. 'Vanboven ben ik al bruin, maar mijn benen willen niet op kleur komen en als ik ze nu op uw knieën leg, dan liggen ze goed hoog in de zon.'

Ik kon er geen bezwaar tegen hebben, want dan was ik mijn zetel kwijt.

Ze legde haar voeten op mijn knieën. Ik kon dat mens toch niet in Zeebrugge laten aankomen met witte kuiten. Net of ze alleen maar aan de bovenkant in de fjorden geweest was.

Ze haalde een Noorse krant uit haar handtas en spreidde die over haar gezicht. Het was het middagblad van Andalsnes dat meteen al voor een nevenfunctie gebruikt werd.

'U bent een bijzonder lieve man,' zei ze. 'Het is op zo'n schip niet makkelijk voor een dame van middelbare leeftijd.'

Het was moeilijk om dat middagblad precies in evenwicht op haar hoofd te houden. Ze maakte er uitvoerig werk van en toen ze ermee klaar was, riep de purser door de luidsprekers 'Attentie, passagiers!' en toen moest ze er weer onderuit komen.

Het was alleen maar om te zeggen dat we nog altijd door de fjorden voeren.

Ik keek naar de fjorden. Ze lagen helemaal kapotgefotografeerd aan de overkant. Ze zagen er moe uit. Ze hunkerden naar de winter om van dat toerisme af te zijn.

'Mijnheer, bent u gisteren ook bij Grieg thuis geweest?' vroeg de vrouw.

Ik was er geweest.

'Hoe heeft zo'n man het daar uitgehouden?' vroeg ze zich af.

‘Hij had gelijk dat hij wegging. Hebt u zijn valies zien staan, mijnheer?’

Mij was het ook opgevallen. Een enorme koffer, midden in het rooksalonnetje. Met een etiketje eraan: *Reiskoffer van Edward Grieg*. Je kon er een hele bibliotheek mee vervoeren. Grieg moest grootse plannen hebben gehad.

Ze correspondeerde weer vanonder de krant.

‘Ik heb aan de huisbewaarder gevraagd of die koffer niet te koop was. Om mijn souvenirs in te doen. Maar hij verkocht hem niet. Wellicht voor als hij zelf ooit weggaat.’

Er kwamen drie meeuwen vlak boven ons hoofd cirkelen.

Toen ze overgevlogen waren, was de vrouw nog altijd bij Grieg.

‘Mij kregen ze voor geen geld in een houten huis,’ zei ze. ‘En dan dag in dag uit al die toeristen over de vloer. Met dat weer. Ik ben niet gek. Hebt u iemand gezien die zijn voeten afgeveegd heeft? Ik niet. Door Grieg zijn salon met modderschoenen. In de bus vertelde iemand me dat Grieg al die tijd ook nog muziek gemaakt heeft. Dat vind ik het toppunt.’

Aan bakboord voer een wit schip voorbij met een man die te lui was om terug te wuiven.

‘In welke bus zat u gisteren om naar Grieg te gaan?’ vroeg de vrouw.

Haar benen waren zwaarder dan ik gedacht had. Ik begon een beetje kramp in de knieën te krijgen. Maar als ik ze wegtrok, kwam het hele mens met een bons op de vloer terecht.

‘In de vijfde,’ zei ik.

‘Er is iets wat ik van die gids niet begrepen heb,’ zei de vrouw. ‘Hij vertelde dat Grieg praktisch geen kinderen had. Hoe kan nu zoiets? Je hebt er of je hebt er geen.’

Ik wist het ook niet. Ieder volk heeft zijn eigen zeden en gebruiken.

‘Maar hij schijnt wel heel mooie muziek gemaakt te hebben,’ gaf ze toe. ‘Houdt u van muziek?’

Ik knikte langzaam.

'Ik ook,' zei ze. "s Avonds zit ik de hele tijd in de bar bij dat Hollands orkestje. Die hebben een trompettist die voortdurend wil blazen en wanneer hij dan eindelijk mag, kent hij zijn liedje niet meer. Hebt u dat nog niet gezien? Dan doet hij de ogen toe en begint na te denken, maar dan is het te laat natuurlijk, dan moet hij doorblazen.'

De kramp in mijn knieën werd onhoudbaar.

'Wilt u nu misschien een tijdje met uw benen op mijn knieën liggen?' vroeg ze.

Toen kwam net mijn vrouw het dek op wandelen.

De rest is privé.

MALLORCA

Ik wandelde het winkelstraatje door naar de zee en dacht: Er kan mij geen kwaad gebeuren. Op de terrasjes bij de baai moest het op dat late middaguur een heerlijkheid zijn en ik besloot in een makkelijke zetel, achter een koffie, te gaan relaxen met uitzicht op de waterfietsen en op de strooien schaduwtentjes, die een beetje een Afrikaanse illusie oproepen.

'Hallo!' riep een vrouwenstem doordringend luid. 'Hallo!'

Ze stond nu al helemaal voor me, hijgend van opgewondenheid. Een vrouw met vakantie, met een strohoed op het hoofd, helemaal in bloei.

'Hallo, mag ik wat vragen? Bent u niet...'

Ik heb dit vak gekozen en ik zal mezelf tot mijn laatste snik meedragen.

'Ja,' zei ik. 'Dat klopt, ik ben het.'

'Zie je wel!' zei ze. 'Ik was er zeker van! Mijn man twijfelt altijd. Die zei: "Wat zou die nou op Mallorca komen doen. Laat hem toch gaan. Het is misschien een Spanjaard en dan raak je hem niet meer kwijt, je weet hoe ze zijn. Doe dat nou niet." Maar ik wist zeker dat u het was, van het eerste moment.'

Haar man moest achter het lover verborgen zitten en gluurde nu misschien wel vanuit de donkerte van de bar argwanend naar ons.

'Komt u mee iets drinken?' vroeg ze. 'Mag ik u iets aanbieden?'

Ik dacht aan mijn zetel bij de waterfietsen, vlak bij het water. Twee uur lang aan niemand toebehoren. Zonder te moeten praten. Zonder naar iemand te moeten luisteren.

'Er zitten nog Vlamingen in de bar, hoor, mijnheer. Het zit er vol van. Mallorca is eigenlijk zo goed als Vlaams. Daar heb ik van staan kijken. Want ik was nog nooit met vakantie geweest. Misschien gelooft u het niet, maar het is de eerste keer dat we met vakantie gaan, mijn man en ik. Ik heb acht kinderen en dan weet je het wel, dan is het dit en dan is het dat. Wanneer zouden wij toch wel met vakantie gaan. Maar nu zitten we hier dan toch eindelijk. En allemaal Vlamingen, hè, mijnheer. En allemaal van Eviva España. Allemaal Samantha. Kent u Samantha? Ik ken Samantha goed. Ik komt uit Borgerhout, wel en Samantha hè, dat is de dochter van onze bakker. De pa van Samantha, die bakt mijn pistolets. Allez, thuis dan toch, hier niet, natuurlijk... Mijn man zit ook binnen, hoor. Eerst hadden we een appartement aan de zee willen huren, maar toen zeiden de kinderen: "Maar, moe, voor die ene keer dat jij gaat, dan ga je toch zeker niet weer alles zelf staan koken. Laat je toch eens door een ander bedienen!" Wel, en nu zitten we hier op Mallorca. Hier is het goed, hè, mijnheer? Van maandag voor acht dagen zijn we hier al. En ik heb leren zwemmen, die acht van me zullen opkijken. Eerst met van die armbandjes om op te blazen en toen drijven op de rug en nu zwem ik gelijk de beste, dat zullen ze van ons moe niet hebben gedacht... En het is een goed hotel, prima, goed van eten en van drinken. En proper. Er zitten ook mensen van Mechelen in ons hotel en die hebben toch zeker wandluizen gehad. Van die platte. Dat is nu acht dagen geleden en ze houden niet op met daarover te praten. 's Morgens aan tafel zijn ze al over die wandluizen bezig. En alles is ontsmet, natuurlijk. Proper tot in de kleinste hoek. Direct met vier man. Wie kan er wat aan doen als er wandluizen binnenkomen? Die kunnen bij je thuis ook binnenkomen. Maar daarom moet je er nog niet over blijven praten. Ze verknoeien hun hele vakantie omdat er één platte wandluis gezeten heeft. Dat is toch dom, hè, mijnheer, voor die ene keer dat je met vakantie kunt gaan. Ik zei vanmorgen nog tegen mijn man: "Waren die wandluizen maar bij ons binnengekomen, dan had niemand er last van gehad." Onze Filip, die zal opkijken wanneer we terugkomen! Dat is de jongste, zeventien. Die zei toen we vertrokken: "Moe, als ze je kapen en je vliegt door naar Cuba, dan ben je nog niet terug!" Ik zei: "Mij kaapt niemand. De tijd om mij te kapen is om. Ik ben negenenveertig, daar begint niemand nog aan. Zorg jij maar voor mijn konijnen terwijl ik weg ben." Ja, want ik heb vijftig konijnen. "Jij met je konijnen!" zeggen ze. Maar ze komen wel om de beurt af, hè! De getrouwden dan toch. "Moe, hedde geen konijn voor mij?" En dan hééft moe natuurlijk een konijn. Dat is mijn plezier, mijnheer. Die konijnen en mijn hof. 's Morgens het eerste wat ik doe als ik opsta, is mijn hof in gaan. Naar mijn konijnen. En daarna eten we en dan lees ik de krant en dan begin ik aan mijn huishouden... Gelooft ge dat ik hier mijn konijnen soms mis? En mijn kinderen natuurlijk ook... Ik stelde me Mallorca helemaal anders voor. Ja, hoe is dat als je nooit weggeweest bent. Maar het valt mee. De mensen leven hier graag, dat zie je. En je hoort overal muziek, je kunt geen stap zetten of je hoort muziek. En de handtassen zijn goedkoop, hè, mijnheer. Bijna zo goed als voor niks. Ik hoor ze al roepen als ik binnenkom: "Moe, hedde wéér een sacoche!" Zou je toch niet iets komen drinken, mijnheer? In die tijd hadden we al een goed glas gedronken... Dat ik u hier nu mag treffen! Nu is mijn vakantie helemaal compleet! Dat zal Filip niet geloven!'

Met de voeten aan de rand van de blauwe zee, onder een strooien schaduwtentje tegen de felle zon, ben ik gaan opschrijven wat moe allemaal verteld had. Moe weet het niet, maar ze kent het vak zo goed als ik. Gelukkig heeft ze met die vijftig konijnen geen tijd om te schrijven.

OCEAAN

Zijn het donkere wolken of is het een eiland?

Ik lig languit in een zetel en kijk tussen de witte, ijzeren staven van de reling door naar de oceaan. Misschien is het al wel de Caraïbische Zee en zal dadelijk of straks – wat is tijd als je vaart? – Barbados opduiken of Martinique of Sint-Maarten. De zon gaat onder en dat is een prachtig beeld, maar ik heb in mijn leven al zoveel ondergaande zonnen gefotografeerd dat ik er geen behoefte meer aan heb om ook deze nog eens vast te leggen.

Een jong, blond meisje in witte short komt voorbij.

'Aan de overkant ligt Guadeloupe,' zegt ze.

Het moet prachtig zijn om jong te zijn en voor het eerst Guadeloupe te zien liggen. Ik wandel er niet meer voor van bakboord naar stuurboord en ik besef dat dit jammer is.

Wat zou dat zijn? De verkoudheid die me, met honderd anderen, geveld heeft in die prachtige eetzalen met hun ijskoude airconditioning? Of zou het ouder worden zijn en Guadeloupe laten liggen voor wat het is? Straks komt er wel een eiland aan déze kant van het schip. Of misschien is het de geleidelijk gegroeide wetenschap dat het gras inderdaad niet groener is aan de overkant. Hoeveel overkanten heb ik al bestormd eer ik dat eindelijk wist en geloofde! Ze zeggen het je wel, maar dat helpt niet.

Het schip vaart naar de avond toe. Er komen vrouwen en mannen voorbij met cocktails in de hand, roomkleurig en met parapluutjes boven op in papajavruchten geschoven. Amerikaanse vrouwen, met achterwerken als indrukwekkende prijspompoenen. Ze raken in hun kajuitdeuren gekneld, maar verder hebben ze er geen last van.

Mr en Mrs Clark van cabine 213 worden opgeroepen om zich naar de informatiedesk te begeven.

Zulke dingen boeien me enorm. Hebben ze gisteravond de hoofdprijs gewonnen, of is 'overkomst dringend gewenst'?

De lichten van het schip flitsen aan. Het sprookje gaat andermaal beginnen. De rode bol van de ondergaande zon staat palrecht op het water. Het zal een kwestie van minuten zijn. We varen met duizend man aan boord, een aparte wereld met een reling rondom. Wie in Puerto Rico aan boord gekomen is, vaart mee, de anderen zijn uitgesloten.

Niets komt over de oceaan heen tot hier. Is België nog een koninkrijk, of zijn er al twee republieken? Wordt er nog gevochten in Joegoslavië? Jean-Luc Dehaene mag het televisiescherm kapotblaffen, er dringt geen gerinkel tot hier door.

Wolken en vage eilanden en late zon en vissen, die soms opspringen en snel weer verdwijnen. En golven, die alles wegspoelen. Een donkere, bijna zwarte wolk vormt in de lucht een kameel, die heel traag uitwaait tot een paddestoel zoals die van Nagasaki. Hoogstens nog de lengte van één zin en de zon schuift weg naar het werelddeel waar de dag nu begint.

Straks, in de kajuit, wiegt het bed heen en weer zoals moeders vroeger deden in de kinderliedjes. *Trek maar aan het koordje en de wieg zal gaan...*

Morgenochtend zal Barbados achter de patrijspoorten liggen. De steelbands zullen wel weer staan te spelen, de hele lengte van de kade langs.

Een neger komt het dek opwandelen met zijn reddingsvest om. Prachtig rood op zwart, maar volkomen nutteloos. Hij lacht met een enorm wit gebit. Zijn geluk is niet kapot te krijgen. Jammer dat hij niet zo'n roomkleurige cocktail in de hand houdt, dan kwam Gauguin misschien nog wel terug.

De oceaan is nu purper. Een laatste blauwe vis zie je nog opspringen en dan sluit de absolute donkerte zich rondom het schip. Het machtige ruisen van de motoren blijft over.

Niets kan ons bereiken. Niemand kan tot bij ons geraken. Alleen de draadloze berichten en de dood. Maar het is vanavond niet het moment om te komen.

Achter de palmbomen, een heel eind over de zee, vlak boven de blauwe parasols, ging weer een Caravelle de lucht in. Zoals ze allemaal deden, maakte ook deze om een onduidelijke reden een boog terug naar het land toe – alsof hij nog één keer naar de palmbomen kwam kijken – en verdween dan met de neus schuin in de wolken.

Zo op het terrasje van de Queenie te zien, bleven er nog voldoende frivole mensen over om de vakantie nog even in stand te houden.

Het oude dametje met de gele herdershond was er nog. Haar man was kortgeleden gestorven en de hond had toen definitief diens plaats ingenomen. Elke middag kwamen ze samen bij Queenie op het terrasje zitten en van het invaliditeitspensioen van de baas mocht de hond dan een omelette aux fines herbes eten. Een daad van nagedachtenis waar hij zich schrokkerig van kweet. Daarna ging hij languit op de koele mozaïeksteentjes liggen kijken naar het verkeer op de Promenade.

De Britse filmploeg was er ook weer. Obscure mannen, die aan een derderangsdocumentaire werkten, maar aan de Promenade de sfeer van Metro Goldwyn Mayer om zich heen spreidden. Het hoofddoel bereikten ze ruimschoots, want het aantal mooie meiden dat aan hun tafeltje strandde, liep elke avond wel op tot drie, vier. En het was duidelijk te merken dat de filmmaatschappij in Londen iemand aan de kassa had zitten die van het controleren van onkostennota's stellig niet zijn levenswerk maakte. De meisjes aten mee, camembert met rode wijn, en alleen de hoofdregisseur, die op het nare idee gekomen was zijn vrouw mee te brengen, keek verongelijkt en teleurgesteld.

Aan de meeste tafeltjes waren de parkieten van de Azurenkust neergestreken. Blauwe en gele en mauve en beige, oude dametjes, die wie weet op welke manier allemaal tijdig hun mannen kwijtgeraakt waren en hier nu onder elkaar, op de terrasjes onder de palmbomen, uitvoerig hun galsteentjes en migraines uitwisselden.

Hier en daar, aan tafeltjes alléén, zaten de zeldzame overlevenden. Heren in lichtgrijze zomerpakken met het purperen insigne van een of andere ridderorde op de revers. Soms was er wel een Commandeur onder hen en die keek dan wervend naar de jonge meisjes die bij de filmploeg neergestreken waren, doch het succes bleef gering. De langharige blonde en gitzwarte meiden met de onwaarschijnlijk mooi gebruinde benen onder de mini-jurkjes gaven de voorkeur aan de andere generatie. Vies geklede, slecht geschoren late twintigers van het contesterende type, die desondanks toch in rieten zeteltjes aangelengde anijsdranken zaten te gebruiken.

De obers heetten Michel en Olivier – met een andere naam zouden ze uit het vak gerangeerd zijn – en de patronne zat achterin, dieper in de zaak, in een imposant decor van verchroomde apparatuur.

Slechts één klant ontving zijn consumpties rechtstreeks van háár. Een nochtans klein mannetje met een alpenmuts op het hoofd. Hij hoefde niet eens te bestellen, zijn rechten waren duidelijk. Hij zat op een krukje en keek naar buiten, over de Promenade heen, naar de zee. Om het halfuur nam de patronne zonder een woord zijn lege glas, drukte een verchroomde hefboom naar beneden, liet er een dik, groen vocht uit lopen en zette dat voor hem neer. Waarschijnlijk zeiden ze de noodzakelijke dingen om halfdrie 's nachts tegen elkaar of op maandag in een weekendhuisje in de Haute-Provence.

Buiten werd de zee geleidelijk echter. Het publicitaire blauw vloeide weg en het water werd grijs, zoals een zee uit zichzelf altijd wil zijn.

De lucht met de palmbomen ertegen werd langzaam fluweel en om negen uur stipt maakte de verlichting er onmiddellijk Hawaii van.

Sommige heren met de ridderknoopjes op de grijze zomerpakken verdwenen nu, de een na de ander. Ze hadden Nice-Matin of Le Monde gelezen en hielden die nu samengevouwen in de hand op de rug. Ze wandelden bedaard in de richting van de Rue Masséna, waar tegen dat uur bepaalde levensfuncties een vorm van entertainment aannamen.

Een man die er op onbegrijpelijke wijze als een invalide uitzag maar toch nog alle ledematen ter beschikking had, kwam het terras op in een laatste hopeloze poging om een collectie van vier kogelpennen te verkopen. Het lukte niet, maar omdat hij dat allang vooraf wist, wandelde hij diep tevreden verder.

Er kwamen plots nog twee heren, weggeborgen achter donkere zonnebrillen. Ze kozen een tafeltje in de hoek vanwaar ze alles wat gebeurde, konden overschouwen. Twee mannen van de Intelligence Service, die, toen ze eenmaal zaten, plots ook twee Italiaanse haarkappers konden zijn. Ze dronken zwarte koffie. De kleinste van hen met een cognac.

Achter de palmbomen, vermoedelijk een heel eind over de zee, ging weer een Caravelle de lucht in. Hij keerde terug, zoals allemaal, één keer nog. Drie rode lichtjes tussen de palmbomen door. Een ervan flikkerde uit en aan.

Morgen draai ík boven de zee nog één keer terug. Om de palmen te zien. Honderd minuten. 'Votre commandant de bord est monsieur Dupont.'

Allicht.

DE ARDENNEN

'Het moeilijkste is 's avonds,' zei hij. 'Als het tijd wordt om te gaan slapen. Tegen een uur of elf gewoonlijk. Het tweede journaal is dan gedaan en het is te laat om nog aan een film te beginnen. Lowie zegt dan: "Zet het venster nog maar eventjes open, dan ruiken we eerst nog eens de Ardennen." En dat is ook zo. Meteen komt die geur dan de kamer binnen. Van water en bomen en van gras. Het heeft iets vochtigs, maar het ruikt toch lekker. En je hoort het watervalletje dat achter het hotel ligt. Het is dan zo stil... Lowie zet de televisie af en je hoort niks anders meer dan het water dat buiten loopt. Het loopt over een rots en bij het bruggetje valt het in de rivier. Het is daar dat ze altijd foto's maken. Je kunt daar niet voorbijkomen of er staat wel iemand een foto te maken. Ze leunen dan op het bruggetje en de waterval ligt achter hen. Dat is heel mooi... Maar 's avonds, zoals ik zei, is het moeilijk. Om halfacht begint dat al. Je zit naast elkaar, het zijn heel gemakkelijke zetels en de kamers zijn heel goed, daar valt niks op aan te merken. Maar je zit naast elkaar zoals je vroeger naast elkaar zat. Pauline en ik hadden ook alletwee onze vaste zetel om naar de televisie te kijken... Vanaf halfacht is het allemaal heel anders dan tevoren, ik kan dat niet uitleggen, maar dat is zo. Ik zit daar en ik denk aan Pauline. Of ik dat nu wil of niet. Halfacht, ik ga zitten en ik denk aan haar. En ik weet zeker dat Lowie in zijn zetel aan zijn vrouw denkt. Ze heette Maria, hij vertelt er dikwijls over als we gaan wandelen in de voormiddag. Ze moet jong gestorven zijn. Nog geen zestig... Dat is het enige dat je erbij moet nemen. Het zijn allemaal kamers voor twee. Kamers voor een man alleen, dat kun je niet hebben. Maar de meesten hebben dezelfde compagnon van altijd. Ze kennen elkaar al verscheidene jaren en dan is dat geen probleem. Met Lowie heb ik nu ook al voor de vijfde keer de kamer gedeeld. Een oud, groot hotel van vroeger, dat failliet gegaan is en dat door de mutualiteit overgenomen is en waar je als weduwnaar met vakantie kunt gaan. Voor acht dagen. Of voor veertien dagen. En het eten is er heel goed. Heel goed. En voor de prijs moet je het ook niet laten. Voor dat geld kun je thuis hetzelfde niet hebben. Onmogelijk. En er is veel afwisseling en zo. Maar het is wel zoals ik zeg, 's avonds is het moeilijk. Ik hoor van anderen dat ze hetzelfde hebben. Zeker om naar bed te gaan. Het zijn twee bedden apart, maar ze staan tegen elkaar, dat is tegenwoordig in alle hotels zo. En dan doet een van de twee het licht uit en dan denk je: Nu ligt Lowie hier naast me. Tenslotte is het toch maar een vreemde mens, al ken ik hem goed. Ik ken hem al vijf jaar. Maar het blijft vreemd. Tegen Pauline zei ik dan nog iets in het donker, iets dat me nog te binnen viel, en dan zei zij iets terug. Bij Lowie is dat anders, dat is een vreemde man. En hij valt trouwens direct in slaap. Hij gaat liggen, hij doet het licht uit en een minuut later hoor ik hem slapen. Ik lig dan nog zeker een uur wakker. En dan denk ik aan van alles. Aan vroeger meestal. Aan toen we ons huis bouwden, daar denk ik veel aan, dat is curieus, hè, want dat was in zevenenvijftig. Pauline en ik hebben daar veel zelf in gedaan, je spaarde er een pak geld mee, het schoot niet zo snel op, maar we hadden er veel plezier aan. Met alles wat ik dan denk, had Pauline te maken. Thuis gebeurt het ook dat ik daaraan lig te denken, maar in de Ardennen altijd. Uiteindelijk val je toch wel in slaap en 's morgens is dat over... We hebben een heel mooi uitzicht op een vallei. Allemaal groen, zo ver als je kunt kijken. Tot achter Remouchamps... En zeggen dat ik met Pauline in heel ons leven misschien twee keer in de Ardennen geweest ben. De zee zei haar meer. Mij ook. Maar nu is dat anders... Uw vrouw leeft nog?'

'Ja, ja,' zei ik.

'Dat is mooier dan al de Ardennen en de zee bijeen,' zei hij.

De geur van koffie dreef over het terras. Ook water en bomen en groen en varens rook je. En nat mos. Grachten die na de droge zomer gretig de regen vasthielden.

Op het pleintje, aan de overkant, kwam een vrouw met een boodschappentas voorbij. Maar het was Pauline niet.

DE ZEE

Het regent aan zee. Een mens had het moeten weten. Ze zeggen het hem langs alle kanten: 'Ga toch niet naar zee, want daar regent het altijd.' Ja maar, die van hiernaast gaan al jaren naar zee, al vijftien jaar, en altijd op hetzelfde appartement, en die hebben nog nooit regen gezien.'

En toch regent het nu aan zee. Het was vannacht al hoorbaar. 'Dat moet regen zijn die tegen de ruiten slaat, dat kan de wind niet zijn.'

's Morgens is de zee al niet meer te zien, een grote, grijze vlek slechts met heel vooraan nog witte schuimkoppen, dat is alles. De zeilbootjes zijn weg en de mooi gelijnde schepen die parallel met de kust varen. Die schepen moeten nog bestaan, maar ze varen nu onzichtbaar, spookschepen welhaast. De dijk ligt helemaal leeg, een kletsnatte, lange gele streep. Alleen één man met een gele oliejekker is overgebleven. Hij staat stil en kijkt naar waar de zee moet liggen. De regen beukt over hem heen, maar dat schijnt hem niet te deren. Zelfs de meeuwen zijn er niet. Waar zouden die nu geborgen kunnen zitten? Ze waren er gisteren nog met tientallen en nu zijn ze ineens allemaal weg. De strandhuisjes hebben hun deuren allemaal gesloten. De vliegers liggen daar nu in opgesloten, de rode en de gele en de blauwe. Gisteren liep het jongetje nog over het strand, tot wel honderd vijftig meter ver hing de vlieger aan een broos, wit touwtje tegen een lucht die nooit meer anders zou zijn dan blauw. Het jongetje staat nu achter een grote glazen ruit op de elfde verdieping en het herkent de zee niet meer.

Zullen we dan maar gaan kaarten?

Ze gaan rond de tafels zitten.

De stoelen die ze hier op het appartement geplaatst hebben, zijn ook niet van de gemakkelijkste. Pas op dat je er niet door valt! Niet te fel achteruitschuiven, want de vorige huurders hebben al plakband rond de poten gedaan en het hoeft niet veel meer of we liggen op de grond.

Thuis kaarten ze nooit, maar hier aan zee doet een mens van alles. Ganzenborden ook, dat lag in de kast, dat moet iemand hier vergeten hebben.

Ligt de krant van gisteren nergens meer? Waarom? Voor het kruiswoordraadsel. Een stad in Egypte met zes letters en de vijfde moet een p zijn. Want die kruist de Latijnse naam voor helmkruid.

Pa heeft het nog getroffen, die heeft het hele weekend goeie zin gehad. Maar gisteravond is hij terug naar huis gereden, hij had daar nog het een en het ander te doen, en de zee zegt hem toch niet zoveel. Hij huurt dat appartement wel, maar hij rijdt het liefst heen en weer en zaterdag in de namiddag komt hij weer op. Hij brengt dan de correspondentie mee en de spijkerbroeken die ze vergeten waren. Ze vergeten altijd iets, goed dat hij er nog is om op en af te rijden. En stel u voor, thuis was het gas ook nog blijven branden, het gas op de badkamer, de hele boel had de lucht in kunnen vliegen, met buren en al.

Zouden we wafels gaan eten? Wafels met bloemsuiker. Of pannenkoeken? Wat moet een mens doen als het regent aan zee?

Het café zit vol met vrouwen die wafels eten. Wafels met slagroom. De ruiten zijn aangedampt en dat in de zomer. Dikke vrouwen zijn het, die met welbehagen grote stukken uit de wafels snijden. Ze vullen de holle vierkantjes met slagroom op en ze bijten erin met een vreugde die je alleen in de vakantie kunt hebben.

Het is nu al diep in de namiddag en er is nog steeds niemand op de dijk. Ja, één enkel echtpaar. Nee, geen jonge verliefden, maar een man en een vrouw op leeftijd al, met echte, oersterke regenkleding. Leden van een wandelclub waarschijnlijk, die hier het jodium niet willen missen. Het jodium van Blankenberge tot Westende, helemaal voor hen alleen.

Zouden we vanavond in Damme gaan eten? Ik zit nu al paf van die wafel. Ja, maar die is straks allang verteerd. Ze hebben daar goeie paling. In 't groen of met wittewijnsaus.

Ze zullen eerst nog een paar uur gaan kaarten, dat doet verteren.

Door de grote ruit van het appartement kun je het begin van de zee zien. Zo grijs is ze nog nooit geweest. Ja maar, dat zei je verleden jaar ook. De gele boeien die met kettingen op het strand vastgemaakt zijn, klotsen heftig op en af. Het lijkt wel of er vannacht storm komt.

Ik ga dat kruiswoordraadsel verder afmaken. Een eiland in de Middellandse Zee dat met een M begint. Het moet een M zijn, want het kruist met slagwerker. Met slagwerker? Ja, een drummer. Ha, ja!

Het wordt al donker. Het wordt alweer vroeg donker, hè? Zet de televisie eens aan, kijk eens of er al iets is. Wat een geluk dat er al iets is!

REGEN IN BLANKENBERGE

Ligt het aan mij of ligt het aan Blankenberge, ik weet het niet, maar het regende wéér.

Wat er na het seizoen op de dijk nog aan pannenkoeken en warme wafels overbleef, was nog in twee horecazaken voorradig. De rest van de etablissementen was uitgestorven.

De pier lag in de gietende regen en van alle vreugdesymbolen was nog slechts één vlag overgebleven, de Europese. Een beetje uitgerafeld door het gevecht tegen de wind.

Een grote, witte meeuw zat boven op de vlaggenstok en dat was toch wel een huzarenstukje.

Een bord met *Gocarts te huur* lag verregend op de grond en de uitbater trachtte het niet eens te redden. Niemand van de achtergeblevenen had trouwens de ambitie om met een gocart te gaan rijden. Het zou hun dood betekend hebben. Er bleven nog alleen maar oudjes over, die dicht tegen elkaar beschutting zochten en tegen wind en beter weten in over de dijk hun middagwandeling trachtten te maken.

Twee maanden lang had de jeugd hier de plak gezwaaid, maar die zat nu terug in Steenokkerzeel en in Deinze en in Maaseik en niets liet vermoeden dat hier ooit de zon geschenen had.

Ik vroeg aan een drijfnatte agent, die men de opdracht gegeven had om met de fiets in de stromende regen over de dijk te rijden, waar hier ergens een krant te koop was.

'Ginderachter!' wees hij. 'Net voorbij dat hoge, grijze appartementsgebouw!'

Ik liep de flatgebouwen langs tot ik dacht: Dadelijk zit ik in de Kanaaltunnel en dan kom ik in Engeland uit eer ik het weet. Ik keerde dus maar zonder krant op mijn stappen terug en bleef staan voor een speelgoedzaak, die werd opengehouden door een vijftiger met handbrede, fleurige bretels en nog in zomerpantalon. Een idealist, die met de moed der wanhoop zeilbootjes te koop aanbood en totaal overbodige blauwe en rode ballons, waarop voor wie mocht twijfelen in grote, witte letters *Blankenberge* stond. Er hingen er een paar halfstok, gerimpeld zoals oude wijfjes.

Bij een rek vol fleurige zomerspullen stond met dikke, rode viltstift geschreven dat alles nu tot 40 en 50 en zelfs tot 60 procent afgeprijsd was. En ik dacht: Het zou een fraai beeld opleveren indien de achtergebleven derdeleeftijders ineens unaniem op het idee kwamen om in die bonte, waanzinnige bermudabroeken over de dijk te gaan defileren.

Ik hield mijn verbeelding in toom en stapte een van de twee beschikbare tearooms binnen. De zaak heette Tropics, doch dat was in dit seizoen niet meer waar te maken. Alleen op het balkon van de derde verdieping kon je een bijna afgestorven plant zien staan die vaag aan Mexico deed denken.

Een oma zat met een kleinkind pannenkoeken te eten. Met poedersuiker, zoals dat hoort aan de kust. Ook dat bleek vandaag gedoemd om te mislukken, want het kind snokte plots twee keer kort na elkaar met het hoofdje en niesde toen met zo'n kracht dat het witte poeder in een wolk omhoogstoof. De oma zag er plots uit of ze in een kerstetalage zat en daar schrok het kind hevig van.

Ik durfde niet te lachen. In wezen was het trouwens ook oertriest. Gelukkig bracht de ober de redding. Hij vouwde een theedoek open.

'Thuis hadden we vroeger zo'n glazen bol uit Lourdes,' zei hij. 'Daar moest je mee schudden en dan kreeg je precies hetzelfde als dit hier.'

Buiten was het nog harder gaan gieten. Het einde van de pier lag in een grijze wolk verborgen en de laatste overlevenden waren nu voorgoed van de dijk geveegd. Alleen het strand bleef over en de pier en de grijze flatgebouwen en de meeuwen en de stad die een eind verder moest liggen.

Mijn wagen was niet de duinen in gewaaid. In het gebouw dat Blue Lagoon heette, stond op de negende verdieping een man in een bruine pullover achter het venster. Hij hield een verrekijker voor de ogen en het moest verschrikkelijk zijn wat hij zag.

Je acht het in de zomer niet voor mogelijk, maar het najaar was er inééns. Overdag was het nog niet naspeurbaar geweest, een zon waar je geen erg in had dat er iets anders achter schuilging.

Toen het avond moest worden, was het er plots. Ik nam mijn fiets uit de garage en reed het dorp tegemoet. Een wit dorp, waar een lange weg heen leidt waar nog niemand op het idee gekomen is om er te gaan bouwen. De gemeente heeft er asfalt gelegd, maar links en rechts daarvan is alles onveranderd gebleven. De weilanden liggen er zoals je je dat elders alleen nog maar van vroeger kunt herinneren.

De nevel was uit de grond omhooggekomen en dreef nu in witte slierten boven het gras, waarin koeien stonden te wachten. Ze waren nog niet gemolken en ze keken gespannen naar me. Of ik wel de juiste man was die ze hebben moesten.

Op een scheidingslijn die je anders alleen maar kon vermoeden, stonden zes canadabomen schuin met de wind mee. De bladeren waren ineens van brons, alhoewel ik had durven zweren dat ze die middag nog groen geweest waren. Een beetje goud, omdat de schoolkinderen er wellicht morgen of volgende week een opstel over moesten schrijven.

Het was plots jaren geleden dat ik die geur nog geroken had. Een mengeling van mist en populieren en bladeren en koeien en nat gras. Zelfs het dorp kon je van op afstand ruiken. Met hoeven die geluidsvrij in een decor van late bloemen stonden.

Ik had de indruk dat het daar in mijn kindertijd altijd zo geroken moest hebben en dat me ergens de schuld trof die geuren jarenlang verwaarloosd te hebben.

Dáár haalden we boter en dáár haalden we melk. De boer was dood en zijn kleinkinderen studeerden in Canada. Yes, we have family in Belgium. Maar iemand moest de hoeve toch nog bewonen en voor de geuren zorgen. Met kippen, die nu al op stok moesten zijn, maar die je nog onder elkaar kon horen praten wanneer je goed toeluisterde.

Het werd onverwacht al een beetje koud. Aan de handen. En op de borst. Of de nevel zich om je heen wilde sluiten.

Ik zag aan de koeien dat er iets was. Ze stampten als blijk van herkenning met de poten in het gras. De boer reed onhoorbaar over het asfalt. Zelfs de melkkruiken hoorde je niet tegen elkaar tikken. Hij reed met de benen wijd uit elkaar en hij droeg een grijslinnen jasje, waarvan ik gedacht zou hebben dat het niet meer bestond.

'Goeienavond,' zei hij, zoals mensen dat tegen elkaar horen te zeggen.

En toen was er geen twijfel meer mogelijk, de herfst was begonnen.